天地辽阔

王　晖 著

江西高校出版社
JIANGXI UNIVERSITIES AND COLLEGES PRESS

南昌

图书在版编目(CIP)数据

天地辽阔 / 王晖著. -- 南昌：江西高校出版社，2025.1. -- ISBN 978-7-5762-5010-7

Ⅰ．I227

中国国家版本馆 CIP 数据核字第 2024JN0376 号

策划编辑	陈永林	责任编辑	王良辉
装帧设计	辉汉文化	责任印制	涂亮

出版发行	江西高校出版社
社　　址	江西省南昌市洪都北大道 96 号
邮政编码	330046
总编室电话	0791-88504319
销售电话	0791-88511423
网　　址	www.juacp.com
印　　刷	永清县晔盛亚胶印有限公司
经　　销	全国新华书店
开　　本	880 mm×1230 mm　1/32
印　　张	11.25
字　　数	207 千字
版　　次	2025 年 1 月第 1 版
印　　次	2025 年 1 月第 1 次印刷
书　　号	ISBN 978-7-5762-5010-7
定　　价	69.00 元

赣版权登字 -07-2024-500

诗词与书画的舞蹈／序

大约二十年前，我就在当地报纸的副刊上读过王晖的诗歌、散文等作品，后来得知他还擅长书法、绘画。如今，少见他的文学作品，而其书法自成一格，影响日深。

汉字自诞生始，就承担着记录历史、表达思想、传承文明、提升境界的重要作用，而由汉字衍生出的"诗词"与"书法"艺术，无疑是中华民族文化中颇具魅力的艺苑"双葩"。诗词是汉语语言的艺术，而书法的神奇，不仅仅是文字的神奇，更是文化的神奇和书者的神奇。不同的字形，指向不同的世间万物。没有汉字，诗、书就无从谈起。腹有诗书气自华之"诗书"，此之谓也。

二十年后的今天，年过天命的王晖深谙其道，在书画创作的间隙里，回归本心，整理完成了他的个人诗词集《天地辽阔》，并付梓出版。不管是他的书法还是诗歌，不管是现代诗还是古体诗，我们都能从一字一句、一首一阕中，窥见作品本身所呈现的可视可感的结构美、悠远留白的意境美。从狭义上说，书法、绘画作为先祖们记事的工具，都是以毛笔为工具的墨线艺术，是直观、外在的，而诗歌是直觉、内在的，有着书法、绘画修养的人，最长于把书画艺术与诗歌艺术相融合，令二者相互增辉，彼此添彩。翻开《天地辽阔》的现代诗部分，其中不乏这样的探索和尝试。读他的诗歌《等一场雪落在秋天的雨里》："秋已深沉/枫叶红成了心头的相思//起风了/所有的忧伤被吹得七零八落//站在秋天的雨里等一场雪落/不问流年，只愿白头与共。"文字间充盈着一种画面感，让人脑海中立即会浮现出一张美好的美术作品来。再读《春天来了》："爬过院墙的杏花开了/悄悄告诉了墙外的鸟儿/春天来了/鸟儿迫不及待/又告诉了野岭的桃花梨花/一夜轻风吹过/山川就变了颜色。"可以体会到，王晖在诗歌中借鉴了书画的技法与意境，不自觉地追求文字的舒畅，于文字的行云流水中寻找并彰显诗歌的魅力。

《天地辽阔》收录了古体诗，分三辑：绝句吟咏、律调轻弹和词韵浅唱。其中五言绝句、七言绝句、律诗及各种词牌的古词、长短句，体裁各别，题材丰富，有古韵，有新韵，有依古人韵，有的看似寥寥数句，不过几十个字，但要严守韵部、挑选韵脚、用对粘对、工稳对仗、用好拗救、辨正入声字等，颇多不易，更遑论语言通顺、达意传情、追求思想与境界了。应该说，绘画与诗歌联袂既可记录自然品相，又可挖掘自然属性，不论曲与直、幽与浅，还是刚与柔、浑与纯，都是自然捡拾与经验积累沉淀下的生命表达，指向不同的人生图景。虽只用了几幅，却一点也不突兀，格调的不求形似而点染结合，一如他的诗词，畅达、秀润、温馨、质地洁美。看似简单的书籍插图，结合其诗其词，却能从日常事物的光鲜或隐秘处勾勒出生命与人生的迹象，于转瞬即逝的光影捕捉里留住灵动的感受，将诗与事物的关系以艺术的形式呈现出来。譬如："金灿霞光倾注，绿荫柳色低垂。田间劳作正当时，壮禾人劲足，陌绿绪频飞。"（《临江仙·月影唤人归》）"文章本天成，妙手偶得之"，自然是生命的心灵状态，是人类情感的对应物，诗人的心灵作为自然的组成部分，可以把直观、直觉的自然之物寄寓其中，自然诗意是被一双妙手"创造"出来的。比如其"一七令""十样花"系列作品，就是诗人用心感受和体悟每一束花的微妙变化，咏词和赏琴的独特感受的结果。咏词："无情岁月惊回首，有味丹青乐相依。"写杏花："好让柔枝俏，寻蜂舞，觅蝶影，可怜风落景。"写石榴花："爽口笑青云，风落帽，果轻吐，韵诗情尽赋。"事物在对我们"说话"，人类就要拥有事物"话语"的"共鸣腔"，并对它进行应答与特殊的命名。从这些诗词中可以看出，王晖以泼墨作画的方式不断地用心抵达一首首诗词的品质。

"诗""书""画"交融，是中华文化的一枚关纽。看到一首意境不俗的格律诗或质朴刚正的现代诗，我们会下意识地产生共鸣；看到一幅优美的书法长卷或水墨佳构，我们也会神往于笔墨纵横的世界。总览全书，王晖多方倾听并领会自然的"物语",与自然一道成长,一道浸润于其中的精神世界。正是他这种与自然融为一体,用爱与善意为自己的创作着色,使得作品总是充满着生活的旨趣与精神的能量。"采摘苹果的时候/粗糙的大手小心翼翼地触摸/生怕伤着苹果的身躯/影响到将来红火的日子"(《苹果红了》),"年轻时的母亲不知道什么是荣华/顶针是她最好的钻戒"(《母亲的顶针》),"转动石碾的一刻/就转动了人的口粮//朴素的石碾/沉稳得让人肃穆"(《石碾》)。细读这一首首诗歌作品,我们可以看到人性中的善良、高尚、正直、乐观、豪放、博爱、悲悯等。

"人生当有正气,笔墨当有正情。"在《天地辽阔》付梓之际,我以此为序,衷心祝愿王晖先生以诗人的思想情感、书法家的高蹈与飘逸,在辞章妙句之中传递处世哲学,在淡雅悠远的山水空间里吐露人生感悟,在审美意识形态中诠释艺术真谛,涵泳"诗词"与"书画",并相映成趣,韶华不负。

是为序。

马宇龙

2023 年 2 月 6 日于甘肃平凉

(作者系中国作家协会会员、甘肃省作家协会副主席、平凉市文联主席)

目 录
CONTENTS

绝句咏吟

◆五言

◆ 七言

律调轻弹

◆ 五言

◆ 七言

词韵浅唱

生活的地方

绝句咏吟

五言

春　思

竹影摇青翠，庭前柳絮飞。
眷怀春好处，恋景岂思归。

柳　色

柳岸清风至，春心乃合时。
柔枝何所顾，撩拨美人肌。

空巷听鸟

空巷闻孤鸟，凄凉唱晚风。
更深愁思绪，谁可入怀中。

莲池清赏

碧水天云接，莲池涌翠澜。
风来香四起，心底镜湖宽。

秋　思

金风沾玉露，落叶奉清寒。
本是无情物，春心慰旧残？

盼　归

凛凛寒风紧，慌慌乱绪沉。
岭头昨夜雪，村口盼归人。

月夜寄怀

霞光千万里，节气晚临秋。
寄语云头雁，乡音一地愁。

祭　父

清风吹细柳，飞鸟拨青云。
遍洒相思泪，凄然湿祭文。

咏　雪

寸管著文章，词诗溢妙香。
唯存磐石志，可与月同光。

小雪逢雪

银粟芳心远，西风动玉寒。
散闲花万朵，香去亦安然。

无　题

相遇春风里，结缘赏月时。
问君何所盼，裁嫁雪绒衣。

重九又逢寒露

夜月辞重九，晨风寒露生。
衣衫虽可暖，唯念火炉红。

红军长征遗址寄怀

遗址留星印，终成一片红。
三军威尚在，到处是雄风。

缅怀母亲

岭外书音断，泉台母可安？
挂牵收不住，直上碧云天。

冬至逢雪喜见梅开

冬至约如期，琼飞午夜时。
知寒梅有意，新蕊发多枝。

庚子霜降前逢友偶得

霜浸花含冷，秋高断雁声。
晚来天上雪，樽满待新朋。

槐花飘香

春风多有渡，慰抚小山岗。
陌野琼林宴，蜂迷满地香。

陌田晚秋

暑气消除尽，秋高露已生。
陌田锄月久，盼望是娘亲。

桂花杂咏

白露欲生霜，秋深味道狂。
木犀依对叶，开出蚀魂香。

红雨亭逢雨

红雨亭前坐，清风四面临。
散丝经意落，不湿慕仪心。

南河口占

溪水汇成河，琴声夜夜歌。
由南寻北去，到处是清波。

中秋遥寄

明月做金笺，秋风写素言。
相思倾满后，读懂是清欢。

遥忆老娘手工长面

喜好家滋味，唯娘手艺香。
丝延千里外，紧系我心肠。

种　春

接来天上水，霁雪煮新茶。
种月陌田里，开红一地花。

柳湖晴雪

碎玉落轻狂，随风写锦章。
鸟声喧翠柳，舟渡满湖霜。

烽台山口占

狼烟驱散尽，远去马蹄声。
亭榭幽诗境，钟声醉古城。

同窗偶遇

相遇惜缘分，辞别酒奉香。
举杯呼醉饮，念想是同窗。

马扎闲话

撑开听况味，故事各不同。
皆有张弛意，围圆好弟兄。

古城老巷子

城门堪可仰，风雨自前朝。
巷口深依旧，楼台锁媚娇。

老巷子口占

巷深言旧事，风雨诉飘摇。
远去生活味，摊家叫卖高。

端阳心祭

心祭应别样，今朝不问江。
鱼儿焉敢动，恐搅故人殇。

寒夜寄怀

子夜风生冷，平湖结晚冰。
昏光留倩影，悄寂映孤灯。

雾　淞

霜染何言冷，枯枝锁素绫。
妆奇新世界，疑是雪千层。

庚子上元有寄

元夕关情韵，花灯入梦来。
燕归迟日暮，谁把煦风裁。

七言

荷塘月夜

风摇莲叶扯池绿，无限裙边恣意裁。
子夜梦牵琴上月，闻歌始觉有人来。

春日偶成

闲散东风吹疏柳，鹅黄吐嫩有新头。
粉墙斜织昨夜雨，江碧群鸭逐波流。

戊戌大雪后一日逢雪

心向琼花漫绪飞，情怀多少梦魂回。
唯求洁雅足常驻，舞动风流骁勇追。

田园杂咏

昼出耘耕有好天，草除水灌我争先。
新苗期盼生千丈，惠及桑农兑酒钱。

月夜寄怀

玉镜银辉泻素宅，任凭念想自天来。
我持怜语托流水，万古琴弦陌上开。

秋　韵

时日秋深语寂寥，百花风起韵虽消。
枝头硕果添新意，无限诗情入九霄。

静宁苹果咏

花开春色添新景，霜后醇香味亦甜。
致富农耕天地广，且持金果贺丰年。

七夕吟怀

红尘有泪说凄寥，七巧心头念婀娇。
最是一年伤痛处，情丝万缕恨时消。

垂钓感怀

烟柳轻依绿荷塘，钓闲情思漫飞扬。

鱼饥贪食钩常咬，哪管今朝命短长。

小雪闲吟

小雪逢时天隐玉，围炉煮酒润词章。

柴门闲暇多情趣，诗写梅花一地香。

雪夜晚归

雪舞散闲勾艳景，诗吟萧寂唱清寒。

屐痕印染征人泪，浅浅深深诉可怜。

落花吟

绽放枝头客赏夸，也曾向上映朝霞。

落红不怪风携雨，香气经年亦著花。

柳湖晴雪

红日一轮悬碧宇，无端飞雪眼遮迷。
心疑天有尘怜念，絮舞轻扬乱柳堤。

腊八感怀

盈实粗粮煮一锅，异香散出感怀多。
愿求来日光阴好，雨顺风轻壮稼禾。

题李平利《山居图》

淡烟袅袅悠然意，翠色飞流岂染尘。
一树桃花红胜火，幽居深谷叩柴门。

春　趣

三月阳春焉寂寞，柳疏桃嫩孕风骚。
纸鸢牵引心头梦，任尔诗情上九霄。

桃红吟春

陌田四处沐东风，桃蕊含香涨暖融。

花色映春时日好，谁怜满地落残红。

峥峒山感怀

东风送我登峥峒，问道修身访古贤。

烟雨半山人影瘦，玄机参透是晴天。

瞻开封府寄怀

升堂公理奸忠断，铁面刚直义凛然。

心系家国无小事，黎民百姓叩青天。

无　题

毫端耕月生诗梦，野陌花开抚素情。

几缕清风捎问讯，短箫吹出天籁声。

西昌纪行

向晚亭台映赤霞，寻芳不觉走天涯。
烂漫春色谁能许，四季西昌不落花。

立秋口占

炎暑才辞已入秋，鸣蝉两季韵声流。
萧萧时节君休问，乐与霜花共白头。

秋　韵

雨后秋深霜叶冷，风来丹桂入怀香。
且留萧意存心底，裁得云霞做彩裳。

麻武寄怀

层云透染起微霞，浩荡无心向小家。
闲读密林千树鸟，情牵幽谷一枝花。

己亥大暑寄怀

接天绿色秀苍茫，满目团围翠乱张。
已是暑来炎四起，听蝉幽谷纳心凉。

红杏出墙探春

惯于三月吻花香，色胆无边向暖阳。
涨满春潮情可许，任由怜念印红墙。

社火拜年

爆竹连天福运开，震山鼓乐八方来。
秧歌扭得春潮动，庭院门前是舞台。

秋日过六盘山逢雾

锁山白雾缠峰岭，无限风光梦始成。
多少翠颜云境里，诗情闲适鸟同声。

牧　歌

牧歌短笛悠然意，遍遣清风唱韵词。
妙曲扶摇高万丈，层云刺破见天奇。

静坐庭前对菊黄

雨打梧桐尚未霜，雁鸣声里透清凉。
茶沉落叶萧萧意，静坐庭前对菊黄。

秋　韵

露结新霜泛韵潮，枝尖硕果自言娇。
秋风丝缕频添冷，黄叶凋零浅了萧。

枫林浅吟

霜染枫林红满谷，富添秋色醉乾坤。
咏诗尽说娇颜好，零落成泥抱惠根。

探　春

杏花催促蕊桃开，好借东风出阁来。
拈取一枝香满手，引飞春色上萧台。

冬日写梅

隆冬时节梅呈秀，寸管丹心巧运筹。
难抑豪情千万丈，任由笔触到云头。

书签素描

嚼字咬文节气转，乐于青史共擎天。
遍读凡世千年事，学富何愁仰素颜。

柳湖春色

鹅黄枝上生柔韵，燕恋新巢梦筑成。
春色池塘情有渡，鸭儿戏水放歌声。

桃花杂咏

物候换新阡陌颖，无边景色岂生同。
春风坐拥香千里，唯爱桃花满地红。

赏春偶遇

我寄愫情不可说，雨来春草一番多。
恰逢丽影身前俏，任凭相思漫绿河。

唱春感怀

桃李枝头竞艳芳，一丛梅粉褪残妆。
沉香化泥魂犹在，情咏依然味道长。

梅落怀情

一丛梅粉褪残妆，曾笑枝头意气扬。
赏客虽知时令短，依然恋景泪成行。

踏雪寻梅

一树寒梅红映雪，枝头瘦冷笑风云。

谁家女子知香远，赏景归来满地春。

风雪夜归

碎琼乱玉弥天宇，落地沉足步慢伸。

到处柴门闻犬吠，举家期盼夜归人。

无　题

风过瓶梅香绕院，庭中茶沸煮诗章。

雪来静夜听声舞，不禁柔情漫粉墙。

人在旅途

凡尘有泪休轻弹，离绪愁烦共减加。

红豆熟时君难问，可知相思落谁家。

咏　梅

梅开时日逢寒月，蕊冷花香甚可怜。
傲雪风神人慕仰，何愁无客赏红颜。

秋日吟怀

风经野陌起微凉，秋菊凌寒溢远香。
阵雁去时声带冷，不知何处是家乡。

月夜赏梅

花开正解春滋味，轻瘦依然泻韵光。
试问玉盘身可许，屡邀清气煮梅香。

咏　雪

天地飞花换素装，陌田绒被盖千床。
悠悠沃土多滋润，骨碎成泥也无妨。

梅待杏开贺春

岭头抱雪追梅色，巷口春风弄杏开。
同是面红非共景，一花赶向一花来。

柳湖早春

风裁眉影韵初开，摇动芳姿探未来。
月上枝头人不去，柳湖春趣抱一怀。

春联情怀

泼墨挥毫歌绣锦，撰联吟对颂精神。
丽词遍遣寻新味，疏学常嫌负了春。

守疆英雄口占

立马昆仑凛凛风，沙场个个是英雄。
爱心铸就除魔胆，浩气长存映碧空。

柳湖晴雪

柳絮随风此地开，洁身尘世用心裁。
搅迷时序非情愿，误认琼花逆袭来。

红豆杂咏

君生南国泛情枝，心向何方问别离。
莫使红尘皆染泪，相依静待月圆时。

春　情

春风绿柳上河堤，燕阵归来戏嫩枝。
筑起新巢圆旧梦，呢喃私语俏声啼。

辛丑清明行吟

时节清明归匆匆，坟头蓑草又生新。
家书一页交谁寄，可有泉台快递人？

辛丑春分咏桃花

桃花着意妆春色，陌野香飘沁岁新。
借得天庭前夜雨，落红不愿染风尘。

盼　归

杜鹃啼破窗棱纸，晨梦依稀问别离。
缕缕清风捎喜讯，桃花山谷恰红时。

题油用牡丹

花魁自古言尊贵，怒放春深尽素颜。
鹿韭只因争市价，农家香透百顷田。

书屋偶得

孤灯晨暮照迷津，黄页频翻总出新。
览却先贤风韵事，谨言常鉴后来人。

篝火晚会素描

干柴围拢燃新火，访客集结唱晚天。
牵手只因常掉队，聚焦画个向心圆。

灯下缝补

引线穿针钟叩晚，重织叠补扫霜寒。
灯前身影移清瘦，春去秋来月复年。

油灯感怀

点亮红心著锦章，寂寥清冷也沉香。
雄才情系千家暖，些小油灯北斗光。

垂柳偶得

春移芳径深山隐，漫步寻幽此地新。
柔柳道旁多逊意，躬身垂首问游人。

辛丑立夏得句

莺啼柔柳泛初黄，风绿莲池著短章。
常恨春归花散尽，榴红轻点夏时光。

泾川千亩油菜花寄怀

落尽残红春去远，随风思绪寂无边。
道途蜂蝶津迷指，伴我寻芳陌垄前。

万亩梨花园清赏

春风有意用心裁，玉砌琼堆陌野开。
引渡彩蝶花万树，绽芳独自不争白。

夜梦大考白卷感吟

寂寥长夜昏晨梦，大考应题不识君。
只怨年高学问浅，冷汗惊落好几身。

父爱如山

冷暖归心日每牵，育儿重负总压肩。
父恩若可谈斤两，阁在天平似泰山。

打工回家

年久归家鬓挂银，青砖红瓦屋初新。
阿黄门口轻摇尾，依旧还怜小主人。

送别有怀

巷口晨风乱雪丝，声声号角语轻辞。
娘抬粗手遮双眼，泪在心头已久时。

书声观悟

高筑楼台村上景，生辉悬挂学堂名。
青砖红瓦遮迷眼，弱了儿时朗读声。

月夜碧玉塘清赏

夏夜常临碧玉塘，蛙声搅乱一池香。

欲知莲动渔舟事，还得云端借月光。

神舟十二发射成功

巡访苍穹天地间，神州造就好飞船。

列排兄弟一十二，星海穿云不简单。

牧归途中

炊烟窜入彤云里，牛背儿童向小村。

莫怪跑偏羞简谱，欢歌一路到柴门。

稻草人戏题

立个新人站麦场，鸟儿不敢口贪张。

餐风饮露勤持守，只愿农家粒满仓。

芒种麦黄待开镰

蛙声搅动小池塘，勾引原由是麦香？
芒种不偷闲暇味，开镰收割夏时光。

见紫藤蔓过院墙而作

架上高爬吻月光，风轻钻进满庭香。
入诗总爱夸红杏，唤紫呼藤也出墙。

印　坊

看似轻松少束边，神驰方寸意犹连。
刀风夹带冰轮影，印染红心一素笺。

娘盼电话有感

闲暇无聊解闷忧，屏前网购夏春秋。
问安总会常轻视，娘等声音白了头。

放学归来斗斗式

学个金鸡雄树下，左手抬起右脚丫。
好胜争强频频斗，丢了书包忘了家。

半坡农家乐望月

半坡草碧翠轻流，灯影霞光唱静幽。
泾水琴声无意我，欲偷月色上层楼。

儿时男女同桌画线

左右各爬同一桌，厘毫画线岂能多。
臂膀汉界严持守，恐怕春心渡楚河。

端午心祭

江水清流朝浪渺，伤心不敢忆前潮。
儿童怎解风情事，节下缠娘索锦包。

口技逗乐

老夫每忆经年事，常访黄鹂不住啼。
口技艳迷枝上鸟，童心允许唤回时。

与娘电话叙家常有得

无事手机常在手，音频连线数春秋。
喜欢聊上千千万，不报娘亲半句愁。

紫藤花开

藤缠丝绕上庭墙，尽力高攀秀锦装。
依附并非无傲骨，花开不负好时光。

端午怀屈子

欲向江边唱九歌，奈何思绪泪痕多。
鱼儿不问钩沉事，一味贪欢逐远波。

蔷薇花开过院墙有寄

蔷薇花溢满庭香，夏日开红醉月光。
莫笑攀爬无傲骨，春心借胆越高墙。

继红村印象

足印留痕生火种，名村列表访星红。
三军师会雄犹在，道上旗飘猎猎风。

扶贫有寄

昼耘阡陌加新味，念想安危马上催。
窑洞寄居成旧事，庭堂结彩酒呼杯。

父亲节念父

梦里每临尊父训，醒来泪雨湿周边。
儿时犹忆常淘气，童趣焉知厚似天。

庚子小满口占

已是农家小满天，麦香漫溢舍堂前。
落红何必愁情绪，邀月樽开醉若仙。

题王村千亩油葵

千亩油葵此地开，无边光景韵诗裁。
匠心铺就民安路，不尽财源滚滚来。

乡村记事

莫言寒月小家贫，温酒陈茶话语真。
不惧红尘多算计，柴门半掩待归人。

麦黄逢雨

雨敲夜梦难知觉，怎晓农夫怨已多。
春种本为收斗米，麦黄不敢乱掺和。

静夜望月

月光染透玉窗纱，不阻情思到际涯。
莫道清辉凉似水，望穿云影浅酥榻。

暮年感怀

历经世事鬓如霜，遥忆儿时卖笑郎。
有度红尘驱物欲，月明风正好还乡。

石榴杂咏

莫言时日疏秋色，丹若枝头韵赋裁。
剪取风光几段锦，厚重相思浅萧台。

月夜杂咏

夜月清风上小楼，抚琴词曲咏闲悠。
虽然身是云天客，唱寄乡邻去了愁。

除夕口占

春风弄柳泛情姿，红对佳联说暖词。
热闹一年除夕夜，欢歌声韵串成诗。

风筝物语

向来梦里有蓝天，依旧轻摇树上悬。
纵使胸怀云外志，绊羁无奈一绳牵。

中秋江边垂钓

已是人间秋正半，江边老叟杆垂闲。
欲差念想作鱼饵，钓起冰轮水上圆。

秋　韵

逢秋自古雨潇潇，薄雾江边紧锁潮。
除却密云光景好，五颜六色妒春朝。

感时行吟

唯念时光追逝水，星移斗转涨心愁。
春情犹在花丛里，一缕秋风上小楼。

书斋口占

霜留枫叶红初见，已是秋高断雁声。
笔墨醉沉文未老，灯花些许意添浓。

崆峒香山

风光最爱此山峰，物象容颜岂等同。
南断雁声秋意晚，枫林霜染见新红。

咏　雪

漫舞琼花追玉蝶，扮妆阡陌韵诗裁。
暖阳难抵消融我，一片冰心泪化开。

落叶杂咏

时光有寄方堪咏，世事烟云岂等同。
落叶散飞萧若雨，飘零莫可怪秋风。

雪夜寄怀

归雁才降营宿地，琼花满目舞玄机。
身躯我愿常生冷，裁剪相思做锦衣。

梅月望雪

守望琼山消暖雪，陌田春景已轻寒。
时光翻转终须去，不叫年轮褪色颜。

无　题

庙堂高处寒流浸，妙算机关怕动情。
过尽千帆人影散，终归浪得一浮名。

红杏出墙

一枝红杏出庭墙，几许深情色胆张。
哪怕微词频脱口，遍沾尘世好春光。

崖松杂咏

积年鳞甲做新装，日月频频问岁沧。
雪后崖松轻挂印，风尘依旧抱冰霜。

咏　牛

犁田拓土穿今古，明亮双眸有率真。
奋发岂因阳夕晚，一生辛苦是精神。

开元有寄

霓虹闪烁层云远，灯火千家去旧残。
天际不嫌身是客，乡愁除却少清寒。

堤上柳色

叶舟处处迷通径，堤上春回柳色新。
为爱绿荫勤种树，柔枝缕缕拂归人。

夜月吟怀

造句遣词邀夜月，孤灯一盏照清音。
多情常念儿郎梦，白首焉移少壮心。

登崆峒山行吟

晨钟敲得慧门开，直上天梯运梦裁。
登顶一朝无小我，遍吞紫气向东来。

玄峰摄影印象

雾锁玄峰一地幽，盛妆红日览清秋。
慧缘定格千年景，绝色回眸是暖流。

老照片

索检容颜已泛黄，拿捏姿势也风光。
青春随水匆匆去，不减心头淡淡香。

超市购物遥忆儿时买卤肉

极尽花颜巧粉装，内容多少可询商？
儿时犹忆粗麻纸，猪肉包来满口香。

七月七日寄怀

痛定常怀七月事，卢沟桥畔舞红旗。
枪声惊梦犹昨夜，唱就英雄壮烈词。

月牙泉

谁裁明月成弯半，伴奏鸣沙植玉泉。
洗涤征人尘与土，涨潮思绪可轮圆？

偶遇养蜂人

长年结伴追云影，饮露餐风久久功。
道上只求寻好蜜，无心花染半山红。

探幽麻武

暑气连天薄锦裳，探幽麻武着清凉。
层林深处微风起，摇落琼花一地香。

农家小院

暮影轻围一地幽，炊烟邀我访耘楼。
村名逐个悬庭上，漫浸香脂是锦州。

崇信黄花塬菩提树

过往菩提亲世俗，今朝灵性沐风烟。
钩沉信义轮回事，一树修身数百年。

理 发

每对清风总自欺，镜前云鬓叠愁思。
剪轻白发三千丈，换取光阴一寸时。

舟荡心河

舟荡心河妙曲裁，消融冰雪化情开。
无弦琴韵连声起，多少豪歌一路来。

染 发

黑白本真移岁月，染红焗绿为心情。
虽然发是头前物，依旧不能独我行。

银杏林秋色

小扇平添满树黄，清风摇动续新凉。
谁人不爱秋颜色，坐拥金辉一带长。

望　月

欲持心境追明月，无奈天高远月身。
空抱月光凉似水，不如笑对眼前人。

听　蝉

饮露餐风叫岂休，和音哪管入潮流。
若能让树高千尺，顶破云层也出头。

枫林初红

露冷霜寒又入秋，登高始觉远闲愁。
春心谁点红如火，枫叶倾情唱韵流。

柳湖荡舟

柳影摇船泛碧波，鸟鸣律韵涤心河。
清风与我频频渡，我欠清风一首歌。

送　别

车站笛声已壮歌，别离难免绪思多。

叮咛话语千千万，落在心湖起浪波。

润格戏题

总把心思书玉案，磨穿铁砚岂偷闲？

润格贴在门楣处，可换人家两串钱。

黄河铁桥

涛声昼夜鼓歌谣，锈迹斑斓久未消。

可载金城风韵史，黄河称道第一桥。

上元情愫

轮圆玉镜醉红尘，巷陌花灯景又新。

如若他年成记忆，最怜牵手上元人。

洮河砚

洮河水浸石生光，刻凤雕龙墨泛香。
若是雅人皆识汝，盛名上古可追唐。

黄河石林

石积成峰浮炫影，神工鬼斧出奇精。
悠然赏罢心疑虑，谁遣天堂古道生？

羊皮筏子

黄河九曲梦魂牵，流水悠然润赋弦。
排子当舟勤摆渡，真知留住是人缘。

左公柳

絮雪任风频扫落，洒西飘北唱谣歌。
众人识得青青柳，绿佑情怀一路多。

兰州碑林

肃目碑林郊野立，情怀典故入新词。
风光承载经年后，必唱人文一段奇。

舟渡湖心

水载小舟欲渡人，涟漪摇动远红尘。
无情岁月终须去，多少浮生幻亦真？

秋　景

每逢秋日道清寒，黄叶风吹半地残。
科技如今新气象，百花壮色艳春天。

夜游碧湖

日沉夜暮拢红霞，倒影湖蓝是小家。
撑破一轮云外月，无情散去镜前花。

画室偶得

毫端调韵今追古，勾勒风光笔磨秃。
心血借来当色底，不教画面意飘浮。

伞

撑开护主得晴柔，花色斑斓满眼收。
挡了强光遮了雨，舍身才被举过头。

粉笔杂咏

每与手心相碰撞，粉身碎骨有文章。
只期后学通明理，从不人前论短长。

孤雁诉云

云端雁语倾惆怅，无奈秋高露已霜。
向暖南迁途算计，别离毕竟是情殇。

黑板心语

曙光入室亮乌真，词汇方程写满身。
一日升荣金榜后，静窥学子谢师恩。

中秋念怀

又是木犀香肆沁，草尖沾露亦生情。
长怀云外双亲客，不敢依窗对月明。

喜看乡村振兴

村村垒起康融屋，道道霞光映碧湖。
客贾东西常约网，电商南北是通途。

中秋寄怀

玉露金风秋意沁，相思涨满月盈轮。
同歌两岸疏星夜，游子情怀动晚云。

学个小鸟唱自由

鸟儿吟唱枝头沁，南北东西笑朔风。
无欲无羁真像样，人前人后不欺声。

夜游凤凰古城

一江碧水动清幽，灯影轻移吊脚楼。
愿许今生奇可遇，欢歌到处逐闲愁。

遥忆中秋前夜娘烙月饼

柴火续得厨房暖，娘烙银盘夜伺晨。
捧在儿前迟下口，担心咬破月圆轮。

遥忆收麦

晨露熬浓罐罐茶，农忙割麦夕阳斜。
抢收时日匆匆去，月色多情照到家。

荷塘秋赏

碧水轻浮弄媚姿，无边绿韵涨芳池。
秋来风劲残裙带，静守莲蓬到熟时。

重九赏菊杂咏

期许秋深访故乡，扶娘重九赏菊黄。
他年约定成追忆，满目家山是寂凉。

路见挖掘机清障

巨石如山当道中，征程受阻步难行。
掘机臂力堪神勇，铲尽人间路不平。

重阳忆娘做手工长面

节气登高向暖阳，娘亲厨下做酸汤。
银丝千尺犹嫌短，紧系儿孙数寸肠。

重阳登高

折来竹节做行装，弓月天庭放眼量。
绝顶劲风摇叶露，遍吹瘦骨寿添长。

灵台木偶戏

肢体全凭一线连，挤眉弄眼手中牵。
虽然无血情参就，节下年头也撒欢。

静宁社火打花鞭

劲舞欢歌追古汉，传承非遗打花鞭。
竹竿敲响惊成纪，一路跳来乐寿延。

贺神十三发射成功

昨夜又闻星发射，漫游太空探奇悬。
乐与明月同辉宇，扬起神威唱大千。

无 题

鹊衔枝节垒窝窝，八级狂风奈我何。
广厦人精频算计，一场暴雨塌倾多。

盼 归

柳暖飞来莺百对，屋寒空寂盼娘回。
情怀万缕心头意，寸管丹书诉向谁？

春 望

昔年蹄疾影穿梭，虎气如今怎可多。
知晓光阴焉我待，东风巧借唱情歌。

疫情防控夜守

矮小岗亭做垒营，扫码不计雨还晴。
纵然此处无来往，星月追随是亮明。

桂香秋夜

带露清风夜入床，送来月桂蚀魂芳。
今宵我愿沉昏睡，好让诗心梦里香。

江陵舟渡

看过东山望北山，重山风景总牵连。
小舟念我诗情好，早把春心渡上天。

白露为霜

白露随风化作霜，草前树后说清凉。
心头冷寂真滋味，依旧晨昏伴月光。

文明祭祀有感

衰草坟头报冷时，远程祭祀送寒衣。
便民划定焚烧处，先祖泉台可晓知？

辛丑十月初一送寒衣心祭

夜黑风高十月天，祭焚炉里火初燃。
香烟尚未成丝缕，心泪纷飞溢眼泉。

北京冬奥有寄

八方四面向燕京，齐唱欢歌奥运情。
号角冰天燃圣火，雪山滑出箭弦声。

贺冬奥会开幕

浩荡春风淑气盈，八方将士拢燕京。
一朝圣火荣光梦，成就英雄雪域情。

赏菊遥忆陶公

此卉犹如旧菊同，花开怒放白黄红。
风霜清点千年后，时下常怀五柳翁。

相思红豆

红豆南国枝上沁，风尘修饰暖阳春。
陌田醉卧他乡客，却把情思写到今。

红　梅

梅花一树尽情开，蕊冷香寒蝶岂来。
色艳绝尘风雪后，孤芳静待韵诗裁。

大雪夜寄怀

乱舞琼花最恋床，浓愁淡绪慢时光。
网添问候屏轻点，枕角情怀绕梦香。

天平杂咏

支点两端同臂长，生来数字不寻常。
任凭物什称多少，只是人心难度量。

冬至情结

岁月经风水逐波，时移冬至感言多。
酸汤饺子开锅煮，不尽情怀唱韵歌。

守信营生

鸡未伺晨忧夜静，闹铃催促度光阴。
良心买卖尤长久，汗水由来古到今。

榆钱杂咏

广罗紫气纳云雨，新发虬枝挂绿钱。
知晓无缘民疾苦，好名声里愧春天。

辛丑腊八寄怀

巧妇厨房手脚忙，飘来五谷缕丝香。
一锅煮满人生味，红火柴门也小康。

题驴推磨图

几许春秋隐磨房，征途无尽走匆忙。
布巾一块遮双眼，难辨黑白我不慌。

儿时观驴推磨有忆

套在磨房天日暗，积年累月岂偷闲。
食粮多少入堂口，与我丝毫不相关。

桃花盛开

含苞欲放数风流，妆扮阳春色屡酬。
野陌一朝红透了，情诗写上树枝头。

陇头春色

晨梦依稀春上色，梅红数点映窗来。
莺声燕语早连晚，欲唤桃花一起开。

暮春登崆峒山有作

细雨松风幽曲径，轻声慢步是虔诚。
禅宗应在钟声外，落个清闲好养生。

见鹦鹉梳理羽毛有作

宅福无须愁食远，焉知天上可飞高。
常关久困志消尽，思绪全然在羽毛。

桃花溢香

冬去春来盈紫气，田畴巷口景初新。
桃花味道谁清点，半两归盘已醉人。

人生方程

如梭光景不留我，多少青春可再来？
二次方程人设定，巧添元素解能开。

庭前杏花初开

含苞枝上沐春阳，风逗花开喜满堂。
彩蝶色贪频对舞，周遭搅乱猎魂香。

见野岭槐花盛开

素未与人争待见，花开野岭叩苍天。
垂颜一树惊俗世，香气弥珍盖玉兰。

桃花早开

惯于赏景期常许，细雨轻风润有涯。
知晓世人皆爱好，叶前蕊冷早开花。

柳笛声里

一夜春风拂杨柳，千丝妩媚弄柔枝。
儿童不解生活味，折取吹笛恰好时。

倒春寒见梨花吹落

带雨梨花频落泪，寂凄何处诉芳音。
倒春寒里人无语，一地琼妃说古今。

壬寅初春又闻疫情

卡口关前营扎定，扫码盘验问西东。
愿祈不见黄红色，播绿春风路路通。

云中祭扫

清明时序念添倍，往事无边梦里回。
娘懂疫情多困扰，今年祭扫不需归。

壬寅清明有寄

寒云弓月钓情殇，时至清明绪乱狂。
心火点燃香一炷，余生安好报知娘。

梦里忆怀

梦里依稀娘见影，入厨调羹步深沉。

众多蔬菜一锅烩，怕我余生饿瘦身。

梦游桃花源

陶公约我武陵客，酌酒吟诗访故园。

落下多情花瓣雨，酥榻铺就与君眠。

夜读偶得

惯于灯下读辞赋，青史钩沉满室香。

唯有诗书寒可忍，饭茶凉透是家常。

桃花运戏说

世人都爱好颜色，带雨桃花楚楚怜。

情侣无缘离散去，背名与我有何关？

防疫宅家煮茶有寄

墙角枯枝已泛花，偷来月色煮新茶。
疫情尽管仍侵扰，放逐春心四海家。

农事吟怀

耕云锄月忆清寂，忘却晨昏问苦辛。
农事如今多技巧，陌田普惠种花人。

柳湖荡舟

五月风情放眼收，湖光柳色弄轻柔。
絮琼正舞晴时雪，款款呼来上小舟。

新农村观感

柴门运转小康屋，携手齐心筑锦楼。
造就三通祥吉地，春风普惠绿芳酬。

春种口占

野陌旋耕融紫气，平田固本恰逢时。
播金希望秧插满，花艳农家有许期。

岣嵋后峡

夹岸群山泻静幽，落摇桃李镜湖收。
网红追逐打卡地，思绪摧开一叶舟。

月下独酌

遥对天宫月一轮，葡萄架下景初新。
调情弦管才呼饮，半两沾唇已醉人。

听歌偶成

数字虽关弦外事，细节取舍见高低。
真情写就人生味，唱到天音恰好时。

昔年值日生素描

借来晨月照心路，怀捧书包暖体真。
千孔煤球烟注满，学堂天亮已升温。

儿时端午

儿时只念饭菜香，春节过完盼端阳。
不问离骚多少泪，只将米酒点雄黄。

炖肉偶得

精选良材兑老汤，慢炖温火续时长。
调和放到细微处，入口销魂骨里香。

溪云亭听蝉

处暑晚风随意沁，闲来邀月共层林。
溪云亭里不拘坐，卧享蝉鸣动玉音。

壬寅端午怀古

艾叶门楣泛异香，龙舟竞渡绪飞扬。
情怀一缕向天问，新月如钩钓落殇。

怀念父亲

经年呼父杳无讯，祭日坟头恸哭声。
恭手点燃香一炷，烟波捎去念怀情。

醉云亭听雨

入夜云低亭落雨，漏檐滴碎玻璃心。
枕边睡意难成梦，写满愁肠古到今。

遥忆儿时夏夜偷瓜

夏日清风动晚霞，约来伙伴去偷瓜。
贼心最爱月明夜，布满畦田泥腿娃。

咏石榴

一树榴花五月红，秋来千子共丹宫。
频开笑口无言语，只秉芳心映日瞳。

无　题

送走双亲远际涯，朝观云影晚看霞。
庭堂尽管花依旧，开满相思寂寞家。

怀念乔羽

荡起心湖一首歌，情怀摇动爱成河。
乐坛从此知乔老，到处溪流泛碧波。

莲池清赏

和风吹皱绿波沁，摇动幽池乱静心。
本是花仙初夏放，从来香气带泥新。

遥忆与父亲夜话

年头节下对严亲，旧事陈题说到新。
雅致来时嫌夜短，鸡鸣日出隐星辰。

麦田六月

正是禾田六月黄，清风滚动麦奇香。
田里满是稻草人，麻雀翻飞掠食忙。

幼儿园所见

半生风雨云和月，责任高年丢不开。
总有担心常惦记，幼儿园口队长排。

见新花出墙偶得

倾心春色出庭墙，拙眼焉知异域香。
嫁接如今新技巧，怜吾还是旧情商。

夏日傍晚河堤漫步

风送炊烟笼长空，鸟携倦意入层林。
乡愁一串拾不起，共与溪流听婉音。

春过桃林

和风野陌岭头沁，拂树撩人抚古今。
吹落桃林花瓣雨，着衫香气逗春心。

拜谒江郎书院

粉墙黛瓦典流光，诗雨词风草溢香。
书院门前常足驻，情怀几许在江郎。

新燕归来

筑个新巢好返回，衔来瑞气满庭围。
家宽尽管非王谢，吉庆廊前有鸟飞。

楼舍闲置有感

只图生计走天涯，屋冷楼闲五六家。
尽管春风多有渡，空门紧锁满庭花。

展　望

山河举目望燕京，航向风标处处明。
全会精神辉广宇，蓝图绘就恰时逢。

养　家

操持生计旅途新，常与晨辰问道津。
难得膝前言语笑，年头节下盼归人。

追　怀

秉烛经伦瘦目光，平生德泽笑轻狂。
韵留荷屋千秋事，裁剪诗书一段香。

再　生

广纳城乡废物收，蓝天从此岂须愁。
一朝沼气燃新火，电送千家好统筹。

人勤春早

小户人家筑锦台，门前桃李尽情开。
推窗原是莺啼晓，一抹朝晖走进来。

游云戏题

游云闲散少愁肠，空舞灵舒醉野狂。
翻卷平生无定所，最怜断梦在他乡。

堡子题咏

静立寒风欲向阳，奈何沉迹色金黄。
昔时筑得厚墙壁，仍可经年保一方。

癸卯新春有寄

三载春秋转瞬迁，鞭炮声里又新年。
解封尽管可亲访，依旧忧心不自然。

赏　荷

清风吹散池塘绿，游客亲莲话语奇。
映日荷花红似火，闻香醉眼说迷离。

庄浪梯田

谁堆盘石穿云海，幻化景象万万千。
五谷染来红白绿，层层叠叠是梯田。

思母情怀

欣闻儿女探亲将，晨晓村头驻足望。
慈母心牵游子意，不知身带几层霜。

煮罐罐茶

鸡鸣声里早人家，翁妪炉前煮罐茶。

喝透满身烟火味，陌田锄月不知乏。

教师节感怀

每临秋日言收获，检点枝头笑口开。

惠我师恩词百首，恩师我欠酒千杯。

梅　花

惯于雪后赏梅花，且秉丹心映晚霞。

已是归来芳草近，禾田不待种桑麻。

七夕夜话

黛色云端垒画屏，清风庭外逐流萤。

月光今夜焉辉宇，礼让牛郎织女星。

念母情结三咏

一

娘送娇儿赴异乡，频移小脚最牵肠。

语温犹在清风里，泪雨纷飞黛瓦墙。

二

蛙声蝉语窗前急，月夜怀乡念别离。

寸管尺巾忙草就，春风捎信报娘知。

三

鬓霜翻卷绪思飞，半掩柴门待子归。

总是心牵身暖冷，火炉烧热好多回。

己亥中秋逢雨

惯于杯酒邀明月，桂树金蟾最适裁。

长夜密云遮慧眼，雨沾愁绪曲轻开。

鸣蝉三咏

一

昼夜枝头叫岂休，劲声只是唱风流。
重生破土非常事，沾露携霜度晚秋。

二

本是尘凡林里物，世人知晓却因何？
居高不借秋风劲，声韵频添叫唤多。

三

长住山林非小我，声鸣播远有知音。
唱词不计谁夸口，偏与君家抚婉琴。

鹊桥杂咏

万家灯火星辰映，七夕怜歌诉韵情。
纵使风霜虽寂苦，鹊桥一夜可余生。

律调轻弹

五言

秋　思

纵情秋色好，把酒喜临风。

豪气吟新语，迷离赋翠英。

乱花芳古道，雅韵醉晨钟。

何必愁年暮，夕霞亦泛红。

归乡感怀

童颜别故乡，归隐鬓成霜。

满目追沉事，周身溢旧沧。

茶添禅静好，酒入意飞扬。

多少经年景，邀人进梦乡。

思乡望月

闹市居家久，平添几许愁。

庭花难重影，堂燕怎轻喉。

月满思长涌，云开不说忧。

何时归故里，好将念心收。

寒露寄怀

秋日风欺冷，晴天阵雁鸣。

沾霜萧寂意，带露婉凄情。

百草无青景，千诗绪顿生。

衣裳添数件，足以慰心平。

白塔山寄怀

塔颜呈玉景，映月有芳心。

寿柏千秋志，流河万古琴。

诗潮胸底咏，词韵眼前吟。

雅颂歌佳意，何时幸再临。

秋　思

秋高情寡味，泼墨映芳斋。

风疾飞金叶，霜浓锁玉街。

凄清人少寐，幽独鸟多怀。

愿借天宫月，辉君鬓上钗。

霜降感怀

经秋怜客冷，目送雁飞排。

夜露沾衰草，晨霜落古街。

枯枝稀宿鸟，深巷少裙钗。

为爱清辉月，依然悯道怀。

雪夜遣兴

岭外音书至，宾朋欲访临。

风疾天漫叶，雪紧地堆银。

老树添新景，柴门去旧痕。

词诗妆雅韵，煮酒喜开樽。

弓月有寄

弓月悬苍宇，形单巷陌生。

旧词难写意，浊酒盼重逢。

清露初沾袖，寒霜已满棚。

回眸凄寂路，散落几多情。

贺　春

紫气盈芳草，东风漫长河。

锣声辞旧岁，柳韵唱新歌。

燕舞追祥瑞，舟行荡碧波。

一年春好处，岁月不消磨。

冬日闲吟

琼花生乱玉，梅绽少清寒。

酒品周身暖，茶吸半日闲。

开门晨见喜，枕赋夜寻欢。

愁事终须去，欣怀过闰年。

柳湖春早

寒意初消尽，春归景色宜。

花开逢日暖，湖漾水鸟啼。

新柳摇柔影，雏鸭沐晓曦。

缘何迟暮返，醉眼径途迷。

雪夜畅饮

晚来天欲雪，野陌罩轻寒。

琼舞添佳景，梅开少素颜。

诗吟声韵美，樽举气豪欢。

尽饮乡愁味，焉知是哪年？

探　春

岭头积雪散，幽谷蕊初馨。

犁动耕祥气，鸢飞吻瑞云。

池清鱼戏静，柳翠鸟啼新。

听景依窗好，缤纷满地春。

田园行吟

唯爱田园美，勤劳贯古今。

耕云织瑞景，锄月种芳馨。

沾露生清气，披霜罩玉心。

欲寻深况味，遍野可诗吟。

夏日偶成

夏初千草暖，雨后万山新。

闹市无芳味，幽居尽妙音。

拾级闻鸟语，推户纳兰馨。

今古沉浮事，全然付素琴。

山村秋居

逢秋去寂寥，景致我言娇。

云淡天呈碧，风轻雾涨潮。

谷丰金染地，兰惠鸟贪巢。

诗意出霄外，幽然醉野樵。

庚子春思

移时琼朵尽，风拂柳丝狂。

草色知芳趣，情缘奉意香。

杏桃亲夜雨，曲赋醉晨光。

已是春深处，田园怎可荒。

田园秋景

夜露蝉声紧，晨霜鸟影稀。

秋临诗唱远，愁去赋吟急。

红叶驱萧瑟，白云著庆宜。

陌田歌壮景，空谷探幽奇。

冬月寄怀

苍山红日远，暮色近柴门。

炉火温杯酒，排诗扫垒尘。

言拙多旧味，茶淡去颜真。

云厚天飞雪，依窗盼故人。

咏静宁苹果

遍走伏羲地，抬头满目林。

醇香飘万里，果色映层云。

含露添奇艳，经霜味愈深。

唯牵销路畅，酬尽苦劳心。

无　题

晓日抒情意，霞光亦空蒙。

书读三更月，笔落四时风。

论道谋高远，修身去剑锋。

茶禅求几味，不与众家同。

清明有寄

清明如约至，细雨湿凉风。

花蕊凄心见，苍山冷色蒙。

人间痴意暖，仙界念思同。

寂寞凡尘事，哀叹落长空。

陇上春色

寂寂野山空，悠悠漠上风。

才观梅绽蕊，又见杏花红。

寻趣深苍外，探幽古道中。

欲求情景好，四季岂能同。

依韵杜审言贺春

节气唤归人，开年一地新。
三阳升运泰，五福暖祥春。
雪落梅添艳，风吹柳翠苹。
最怜相思泪，念想满芳巾。

秋　韵

山高云可近，室暖鸟临家。
诗韵庭前合，茶香舍外斜。
抚琴歌逸趣，煮酒道桑麻。
唯愿时常好，开红满院花。

庚子暮春杂咏

疫情人久困，念想脑沉昏。
翰墨倾忧意，丹青散寂魂。
蛙声消岁月，莲叶净乾坤。
吸取朝阳气，祛除一地瘟。

秋夜逢故乡

皎月辉亭榭，花灯亮玉街。
故知秋夜至，寒室暖风偕。
炉火温醇酒，锅台续旧柴。
更深人唱醉，词赋抒情怀。

步韵杜甫《春夜喜雨》

已是阳春暖，禾田喜雨生。
幽居收鸟语，溪水播琴声。
野陌云移影，楼台火亮明。
杏桃初吐艳，香气溢新城。

飞将军李广怀咏

策马山河动，刀光啸朔风。
营盘儒雅士，疆域丈夫功。
箭落石穿孔，令行虎气生。
盛名留册史，哪怕不侯封。

重阳寄怀

露浸三秋草，时令重九天。

清风环碧树，菊酒醉炊烟。

霜落层林瘦，花飞空谷寒。

登高携故友，不禁素心怜。

家祭感怀

瑟瑟秋风劲，凄凄晓露寒。

云遮疏落雨，时更弱鸣蝉。

枯草着霜意，萧竹响空山。

恰逢家祭日，曲婉调伤弹。

缅怀吴焕先烈士

少年存壮志，宏业待时来。

御敌呈奇勇，挥师显帅才。

芳名垂厚史，丰绩筑高台。

惜婉捐躯早，忠魂岂示哀。

戊戌端午三咏

一

端午词平赋，云天放眼量。

昔时唯爱水，今日怎临江。

遣句不成咏，怀君满眼殇。

凄情空遗恨，何处是归乡。

二

凄寂端阳夜，江边月悯生。

圆缺天上事，散聚世人情。

词赋千秋志，诗吟万古铭。

不堪愁绪涌，弦管啸凉风。

三

鸣鸟惊残梦，节风已近窗。

艾蒿沾晓露，锦袋泛沉香。

九问声声起，离骚句句苍。

欲吃端午酒，无奈泪成殇。

七言

初冬印象

野陌萧然已尽秋，峻峰空寂少晴柔。

风吹雪片似花落，雾锁松涛如水流。

娇叶昔时歌翠绿，枯枝今日唱闲幽。

山河唯念多奇境，一地情怀不说愁。

中秋寄怀

经霜秋菊正新花，蕊冷魂香可尽夸。

风过堂前光溢韵，雨来庭上味胜茶。

纵情歌赋怡心事，逸趣吟诗著丽华。

莫笑痴狂不自禁，月圆游子最思家。

重阳节忆父

岁岁重阳望故乡，忆父心痛泪两行。

坟头衰草哭孤影，崖边翠柏话凄凉。

在世奔波不言苦，长眠遗恨有惆怅。

至此不饮菊花酒，相思夜夜鬓染霜。

汶川大地震十周年祭

天降横祸汶川泣，孤影号寒有泪颜。

地裂楼崩惊午梦，墙倾屋塌命不还。

爱心众措安难所，义举多方驱疾患。

今赋哀诗凭吊祭，十年思痛建河山。

雪夜寄怀

峻岭寒风欺寂野，围炉欣有酒香唇。

晨钟惊落天伦梦，暮鼓摧飞散碎银。

不尽琼花迷醉眼，无边思绪湿芳巾。

柴门闲逸歌琴素，踏雪寻梅屐印新。

戊戌立冬感怀

风吹雪片似花落，雨打芭蕉若泪流。

白菊几珠通室韵，红枫一树半山幽。

朝观盛景迷双眼，暮钓闲情横独舟。

夜月初临冬有意，酒香漫溢晚辞秋。

临池偶得

窗含西岭千秋雪，弦隐东河万古琴。

手赶心追迷翰墨，星移斗转忘晨昏。

销魂尽是蚕头梦，蚀骨皆为燕尾耘。

暑往寒来歌四季，风骚独领笑红尘。

冬日临池抒怀

闲坐庭前追古趣，案头续垒墨新痕。

虽无花叶妆宜景，却有诗文慰寂沉。

风恋丹青香溢远，雪遮暇色韵销魂。

围炉煮酒迎贵客，曼妙歌喉抚婉琴。

柳湖春色

东风拂柳烟岚起，树影人声共叠加。

舟至岸边依绿水，鸟临枝上戏芳花。

絮飞晴日疑成雪，诗入柔湖幻作霞。

遥忆左公悬气象，情怀一缕向君夸。

古凉州行吟

金城西向寻芳迹，秀美凉州景醉迷。
横世碑文铭史咏，肃然庙像载心仪。
平沙夜月生幽影，古雪天梯刻妙机。
眼底常飞云际雁，耳边惊响马蹄疾。

己亥贺岁

一树寒梅红映雪，枝头瘦冷蕊呈盈。
唤春锣鼓连天响，贺岁秧歌遍地听。
联句裁出心上韵，灯花照就笔端情。
无边风景樽频举，莫负流年慰此生。

春日临池闲吟

陌田日暖泛梅香，晓月闲移影恋窗。
梦境神驰犹未醒，艺林裁剪已匆忙。
遍沾紫气追王道，饱蘸浓情著锦章。
唯爱词诗添地厚，韵牵唐宋意悠扬。

归乡感怀

少小离家年事久，归乡丽景韵平添。

醉身不辨康庄路，浊目生疏老叟颜。

辞旧迎新村戏好，走朋访友暖风沾。

童心焉隐天真趣，叩首陈腔问寿安。

母恩有寄

欲问鸿恩何所恋，唯知慈母最当先。

贴身抓养无怨苦，离屋劳行有挂牵。

田间除禾汗若雨，炕头缝衣意加棉。

如今耄耋容清瘦，康寿心祈度乐年。

周庄行吟

墨友相邀意味长，寻幽问趣走周庄。

猎奇尽管亲新土，倾慕依然思远乡。

朝观浮云稀冷雨，夜游古道满霓裳。

江边醉卧风掀帽，律韵不拘唱宋唐。

秋日吟闲

气爽秋高归隐寂，唤来闲适浅愁词。

雪鸥水面歌清韵，暖鸭云头唱醉诗。

暮返牛群排素影，南迁雁阵说悬奇。

炊烟四散村芳近，星月同邀对饮时。

闲钓寄怀

黛色锁园柔柳醉，烟岚飘绕雅湖生。

逸闲垂钓风呼韵，通达吟诗鸟附声。

抱负岂贪鱼羡饵，趣幽焉在管歌情。

月轮相伴人踪尽，破晓云移鹭影惊。

咏　梅

惯于冬月问花魁，谁把心怀指向梅。

映日丹颜诗百首，沁人傲骨酒千杯。

岁寒励志松成友，陌野含香雪可陪。

抱冷枝头何惧瘦，不争春色散闲开。

年　味

残雪峰头尚未消，已添春色伴人潮。

梅开墙角歌清雅，柳舞亭廊唱暖娇。

联句畅舒风顺意，诗情扬颂雨除萧。

无边年味加新景，老酒香茶浸古谣。

寒露寄怀

傍晚霞飞过雁阵，黄花带露已秋中。

难禁愁思萧萧叶，放纵柔情楚楚风。

畅饮陌田浑酒味，闲耕书案趣茶工。

一任怜念撩清泪，且把诗怀寄远空。

己亥教师节感怀

每临此节君常忆，心底迂回德范词。

三尺讲台耘皓月，半根粉笔解新疑。

春风数度容清瘦，秋雨经年鬓玉丝。

待到百花成亮景，遍吟桃李栋梁诗。

艺苑情怀

莫负初心度日光，磨穿铁砚岁应长。
田间歌赋思飞韵，案上丹青鬓染霜。
世事想明深学问，人情练就不寻常。
且将凡举多吟咏，难免辛劳走阵忙。

庚子暮春有寄

人间四月暖洋春，山寺桃花正泛新。
月朗窗前幽梦境，书香案上润诗魂。
融融野草愁春暮，淡淡闲云叹夜深。
景致欲留心中语，笔拙无奈不传神。

庚子春分后一日有寄

昨日春时将半分，桃枝卸粉杏花红。
踏青寻隐添芳趣，闭户填词锁逸情。
恋曲庭堂驱倦意，秦腔空谷荡豪声。
人间多少寻常事，浊酒清茶慰此生。

庚子上元感怀

庚子圆轮三五月，清辉寂寞照凉城。

明灯依旧花千树，深巷惆凋影数层。

罩顶阴霾心有暗，不开障雾绪无晴。

疫情祈愿随风去，浑酒贪杯聚友朋。

清明寄怀（一）

李桃陌上争春色，雨落清明断敏才。

满目青山凄婉影，遍枝红杏寂寥开。

坟前膝跪愁哀思，崖畔头望问九台。

长叹家风传世少，芳音泽后待将来。

清明寄怀（二）

时令清明四月天，祭宗扫墓泪涟涟。

悠悠情思云霄外，寂寂愁心大地边。

满目红桃沾泪雨，遍山青草挂愁眠。

杯杯遥寄相思语，片片冥钱化紫烟。

端午寄怀

端午景明开五彩，怀君惆怅却愁哀。

离骚吟咏良宵苦，九问风云子夜猜。

幽谷鸟声鸣静晚，斜阳霞色映青苔。

闲时醉饮雄黄酒，凄寂呼朋乱举杯。

长安行吟

驱车缓绕长安道，汉瓦秦砖已更年。

骑士疆场挥汗雨，佳丽宫中展红颜。

定国武将凭骁勇，辅佐文臣借慧贤。

立业鸿图天下事，名垂青史代留传。

诗林唱和

泾水琴声一带长，诗花朵朵泛馨香。

心存圣誉浮名隐，腹有经纶厚德藏。

韵味律调添异景，和风喜雨续辉煌。

愿期时日年年好，颂赋吟词共举觞。

己亥七夕有寄

长年遥想有佳期，七夕银河表醉痴。
情意搭成连理路，慕怀结就婉柔姿。
愿祈夜月常盈满，追梦时光可遇奇。
人世从今无抱憾，苍穹以后尽鸿禧。

次韵陆游春游偶成

兰香幽谷味弥真，寻隐无花巧遇人。
梦境最怀池映柳，诗魂常咏燕裁春。
岭头白雪歌年旧，墙角红梅唱岁新。
老酒一杯呼醉饮，清茶半盏笑风尘。

己亥新岁忆旧口占

换罢新桃迎百禧，且持陈酿忆流年。
麻糖虽少童添醉，猪肉无多叟解馋。
不羡金樽言显贵，唯惜叩拜道身安。
人增福寿怜乡土，难免常怀过往欢。

建党百年礼赞

神州星火起红船，风雨兼程动地天。
誓把赤心昭日月，且持豪胆散云烟。
安邦有道寻良策，理政多方纳圣贤。
欣喜江山成大统，黎民尽享太平年。

庚子中秋杂咏

霜入枫林丹绽景，秋高雁语向南频。
醉沉翰墨词生老，摇动灯花赋待新。
锄月陌田禾有意，耕云野岭草含馨。
闲敲棋子西窗下，莫负时光莫负人。

步韵文生会长贺春

裁春紫燕任穿梭，风破河冰逐碧波。
绿柳堤边怀旧事，红梅岭上唱新歌。
愿祈美景祥云绕，最爱嘉年节气和。
丽句眼前情尽赋，光阴应惜岂蹉跎。

韵和黄君祝六十华诞

欣逢花甲福临堂，雅韵佳和乐寿康。

翰墨溢才挥胆气，词诗敏学著丽章。

闲移晓月悠然静，勤练晨霜味道长。

苦短人生情不尽，风流写就是千祥。

庄浪诗词学会成立

乘势诗花意气扬，文斋骚客举银觞。

洛河酿就琼林宴，洋芋开成鹿韭香。

泼墨挥毫歌率性，追今抚古著雄章。

呈祥瑞色寒英舞，飘落尘埃泛锦光。

田园秋韵

秋风率性拂田畦，多少情怀乱遐思。

遍野山花盈碧草，满园硕果笑柔枝。

雁群高岭翔飞影，鸭队莲池摆俏姿。

画轴勾撩心起劲，挥毫写就入云诗。

戊戌端午寄怀

驾鹤西游已数年，望云思亲去不还。
人家节庆呼尊老，我向何方觅父颜。
蓄意青山齐挂泪，含悲绿水尽号寒。
且持端午一杯酒，叩祭心怀问远天。

诗咏二十四节气

立　春

持酒言欢春始发，东风送暖映红霞。
庭前才见梅生蕊，屋后欣闻柳吐芽。
万福盈门沾喜气，千祥入户浸芳华。
岁初年尾光阴好，盛世平和吉庆家。

雨　水

雨水时令春尚浅，隔河看柳柳如烟。
啄泥紫燕抒情舞，戏水白鹅调味欢。
散淡东风盈古道，甘和细雨润桑田。
华年莫让随流水，作句吟诗不赋闲。

惊　蛰

春雷声响动云天，惊梦依稀落枕边。
农事鞭牛耕野陌，征程饮马下雕鞍。
雁翔晴空歌鸿志，鱼戏深池醉素颜。
且乘东风舒广袖，行吟曲赋啸长川。

春　分

一树桃花红满谷，时令不觉已春浓。
蜂贪香草歌奇妙，蝶恋芳枝舞曼盈。
缕缕轻风撩翠柳，丝丝细雨润梧桐。
诗书案上清声远，山色空蒙唱婉情。

清　明

雨落清明春觉冷，不了情分慰忠魂。
纸鸢牵引心头意，烛火盘缠眼底真。
阳世尚无医救体，泉台何以术全身？
消愁借酒挥不去，一任相思泪满盆。

谷　雨

柳絮晴空漫雪花，时令谷雨采山茶。

杜鹃啼血催农事，紫燕新泥筑暖家。

品茗堂前无俗客，读诗庭上尽芳华。

任凭思绪随风舞，春色匆匆种晚霞。

立　夏

时令初闻立夏天，季节交汇景相连。

才观梅色红坡上，又见荷颜绿水边。

桃岸风和多逸士，杏林情暖少娇颜。

渔舟唱晚斜阳里，曼妙歌声醉柳烟。

小　满

夕阳西下吐彤云，小扇轻摇赏锦茵。

洁雅荷花醉人眼，嫩肥桑叶动蚕心。

客来堂上煮醇酒，兴起江边调素琴。

美景良辰歌不够，风和雨顺四时新。

芒 种

辛劳耘绩碌其间，芒种时节怎敢闲？
棉长三成期灌水，麦熟八分待开镰。
收割夏作风催雨，播撒秋粮汗渗衫。
农事奔波不叫苦，换得仓满乐丰年。

夏 至

节气阳高昼最长，麦收夏至粒归仓。
樱桃满树相思浅，兰草几枝放眼量。
戏水鸭儿浮倩影，摇扇老妪倚闲窗。
欲摊诗卷寻幽静，浪热任凭自纳凉。

小 暑

初临小暑少晴天，梅雨纷纷落眼前。
岭上插秧添翠绿，江心垂钓系新船。
牧童短笛醉栖鸟，青妹山歌惊柳烟。
我把情怀寄明月，且持词赋乐无边。

大　暑

骄阳如火挂中天，挥汗浓妆换素颜。
绅士少儒光臂膀，娇娥多雅减衣衫。
蒲扇频摆无凉意，冷饮续添有小寒。
最是一年炎大暑，更深心躁不成眠。

立　秋

叶飞片片借秋声，游子思乡泪四冲。
南苑清波留鹤影，北窗老树唱蝉声。
感时常叹萧萧雨，恨景不识淡淡风。
且把柔曲馨皓月，素琴焉与四时同。

处　暑

雨落峰峦处暑凉，风过枝上叶初黄。
雁声阵阵云霄寂，酒味丝丝野陌苍。
谷满无须添乱恼，囊空怎不说愁肠。
寄情山水开诗卷，雅室长留翰墨香。

白　露

时令白露秋临仲，山色空蒙吐玉莹。
俗语不谙佛静远，雅茶却释禅悠灵。
囷仓谷米出陈酒，集架诗文唱大风。
我以丹青抒壮志，何愁新月冷银屏。

秋　分

昼夜无须论短长，时令迁变说惆茫。
会朋庭上开坛酒，拜月台前讫岁香。
思绪悠悠升玉宇，笑声漫漫绕亭廊。
一年最是秋深处，景象丰盈谷满仓。

寒　露

杖藜心旷走天涯，问道归来意奋发。
节气摘棉时未晚，田畦种麦韵犹佳。
儿童院落唱新赋，翁妪庭堂煮旧茶。
最爱农家秋象远，何愁春景少芳花。

霜　降

季深时日雨微凉，候鸟迁徙谷满仓。
菊蕊吐芳花尚好，梧桐萧意叶初黄。
晨钟百草沾清露，暮鼓千枝洒玉霜。
恣肆秋风呼啸至，凋零思绪已成殇。

立　冬

落叶经风遍地黄，冬来秋去鸟声凉。
粉墙昨夜呈萧雨，枯草今晨戴玉霜。
岁月无情人易老，诗书有味韵添长。
流年且莫蹉跎事，逐梦魂牵向远方。

小　雪

小雪清寒飞乱玉，残云一抹挂西川。
卧船昨日听萧雨，抚剑今朝话寂闲。
十色五光随景去，千娇百媚落窗前。
莫思世间愁烦事，姑且行歌向远天。

大 雪

大雪初临琼漫舞，裹裘仍觉满身寒。
朱门加肉呼欢饮，贫舍添柴度日艰。
老者杖藜行不稳，儿童骑车乐容颜。
且将愁事随风去，浅唱词诗过旧年。

冬 至

亚岁时节天暮雪，寒风呼紧虐花哀。
南烹羊肉初尝味，北煮冬瓜暖入怀。
长夜空思眉早锁，愁烦缠绕绪焉开。
汉唐常念洁身事，祭祖丹心韵律裁。

小 寒

气温骤降小寒前，遥看冰霜挂长川。
归雁南迁声带冷，落花坠地影犹怜。
辛劳孤寂为生计，期盼双栖话月圆。
静夜常怀年少志，青灯黄卷伴吾眠。

大　寒

光景无垠雪满天，风欺袍袖冷伸延。

萧竹户外期新影，弱柳村边忆旧残。

窗上霜花呈古意，案头翰墨带儒颜。

诗文浅唱生活句，辞岁迎春待润年。

词韵浅唱

生查子·上元寄怀

月圆月正半，灯火明如昼。烟花眼醉迷，念想黄昏后。节逢上元时，春色仍依旧。相约上心人，香气溢衫袖。

春晓曲·春光

人间三月风光异，蝶吟花，燕啄泥。柳烟婆娑弄柔情，醉眼蒙眬看社戏。

如梦令·春思

花绽心湖荡漾，相思漫过深巷。窃语费思量，约友寻春遍访。苍浪。苍浪。幽谷鸟声回荡。

如梦令·春韵

春色漫过塘里，已是鱼翔浅底。满眼尽春芳，暖鸭浅吟相戏。不弃。不弃。鸟语怎能琴替？

如梦令·春心

春色撩人几许，花绽渴求偶遇。思绪放飞时，情纵忘了来路。莫负。莫负。已是蜂飞蝶舞。

如梦令·春和

烟柳渔舟唱晚，思念划过水岸。夕照映红时，一院春风情满。闲散。闲散。多少家长里短。

霜天晓角·短道速滑

三冬冰溢冷，梅花瓣泛红。搅动暗香奔涌。旗飞舞，映长空。

短道展俊燕，健将骁勇中，奥运激情共赏，几秒雅，十年工。

武陵春·暖春

谁差春风一夜过，染绿谷峰川。一树桃花意盎然，胜境裹烟岚。

燕舞莺歌疏柳醉，碧空话诗蓝。几许鸿论唱巨篇，曲有味，可情牵。

洞天春·春怀

人间三月春好。疏柳烟云合绕。燕语莺歌醉嬉闹，莫要嫌声吵。

新花染透俊俏。布谷啼春叫早。种月耕云，惠风融和，焉能烦恼。

采桑子·初夏杂咏

蛙鸣塘绿撩飞绪，莲叶青扬，莲叶青扬。菡萏才红，花蕊隐清香。

愁烦欲向何人诉？世事沧桑，世事沧桑。风雨兼程，壮志去惆殇。

采桑子·深林初夏

莺啼初夏林幽静，候鸟依弦，候鸟依弦。拨动春心，诗意满青山。

声声鸦叫斜阳里，唱晚悠闲，唱晚悠闲。霞染流光，醉语绕帆船。

采桑子·月夜游湖

摇船湖上心期许，情意依稀，情意依稀。菡萏初芳，诗咏韵声奇。

风扶叶柳轻言语，醉眼迷离，醉眼迷离。撩拨琴弦，月动影偎依。

蝶恋花·夏日咏叹调

细雨沁心撩碧荷，涤净尘埃，蛙鼓花倾乐。漫看夕霞红胜火，层层麦浪香阡陌。

世事洞明胸自阔，苦短人生，岁月焉消磨。恣意挥毫神淡若，榴红枝上君来贺。

蝶恋花·夏日情怀

绿满荷池舒遐思，叶叶相牵，叠起层层意。心慕平添多少事，生生相惜何人替。

月夜朦胧不见底，根在何方，尽抒风流史。耳畔忽闻琴瑟起，情深焉不成连理。

唐多令·秋晚

秋雨落枝丫，巷空渐去华。叶凋零，愁绪平加。皓月一轮辉照旧，人虽老，气犹嘉。

笔墨著新花，儒林可颂夸。路何方？德厚传家。莫道人间多寂寞，志高远，醉红霞。

小重山·静夜叙怀

玉案挥毫鼓五更，兴来诗起舞，月初明。滔滔江水涨潮生，拨琴键，诉尽别离情。

相顾惜言倾，寂寥词少韵，绪难平。乡愁一缕额头生，初心咏，风雨亦兼程。

小重山·外卖派送浅唱

市井穿梭日夜忙，尽知风和雨，阅沧桑。千家万户暖心肠，敬业好，逐梦意飞扬。

怜惜小儿郎，情牵饥和冷，望闲窗。重任肩挑勇担当，岁更替，家兴盼归乡。

采桑子·暮春行吟

丝丝春雨滋桑梓，灯下无眠，灯下无眠。把酒临风，酣意赋诗篇。

繁星闪耀银河动，碧海微澜，碧海微澜。寥寂清欢，泪眼忆君颜。

采桑子·思乡愁吟

慈心何必多扬显，鸿爱无疆，鸿爱无疆。杏雨春芳，风韵满庭堂。

离身不过求功利，几许情殇，几许情殇。愁绪谁倾，思涌望归乡。

采桑子·莲池秋韵

莲池秋雨珠千点，无限晶莹，无限晶莹。净洗尘埃，洁雅梦魂生。

风摇藕颈潮思涌，律韵怡情，律韵怡情。吹乱愁容，赋婉慕心倾。

朝中措·赏莲杂咏

风过碧野暗生香，多少玄机藏。千片莲波清赏，一池洁雅思量。

蝶生醉梦，蜻蜓起舞，蛙语轻扬。吟绝忘了昼夜，咏词哪顾还乡。

朝中措·深谷探幽

闲来幽谷听蝉鸣，古道泛浓情。朝观灵山仙境，夜听溪水琴声。

芝兰溢韵，飞霞流彩，怎不心倾？词咏流年旧事，慕怀诉与谁听？

鹊桥仙·七夕杂咏

苍穹星耀，人间情暖，俏女俊男顾盼。天成佳偶结良缘，月弓半、顿生眷恋。

梦回多少，暮倾朝思，了却凡人心愿，鹊桥引渡圣中仙，思绪涌、依稀缱绻。

定风波·秋思

经夜三秋听露残，相思每每忆流年。古道芳香何处满，怎断？人间至此有清欢。

西屋歌声生妙曼，轻看，丽人红衣几时还？指间时光焉空转，随缘，灯花燃尽几多寒。

醉花阴·夏日柳湖

莺语碧湖添依恋，妙音缠丝管。亭榭映红妆，撩拨柔枝，眉宇情非浅。

又逢夏至轮回转，昼日阳高远。扇舞起凉风，醉忆流年，曲尽人焉散。

醉花阴·夏至感怀

时今夏至阳偏长，风过掀麦浪。丰景眼中望，喜上心田，镰动声声响。

劳辛汗滴斤能量？知了为谁唱？书道伴心香，耕读人家，庭上欢歌畅。

一剪梅·荷塘清韵

风拂莲池绿滚翻，凉意轻盈，碧海连天。蜻蜓枝上戏红妆，占尽风流，对月无眠。

妙意丹青写素颜，洁雅纷呈，幽趣无边。倩姿楚楚舞清香，招惹人怜，醉满心田。

荷叶杯·思乡感怀

引线穿针缝补，辛苦，牵挂浪层翻。他乡今夜可身安，盼我几时还。

秋雨瑟萧清冷，霜冻，子夜梦魂香。孤灯浊酒话愁肠，清泪说迷茫。

荷叶杯·遥忆十里长亭相送

冷月闲窗初照，妖娆。心底起相思。夜沉难免忆分离，凄婉景依稀。

十里长亭相送，情涌。寂寞泪成行。万千柔弱乱飞扬，花落已成殇。

采桑子·戊戌重阳感怀

重阳时节登高处，鸟唱林幽，趣上心头。词曲琴弦和细流。

声声暮鼓心飞韵，欲上层楼，遍览肥秋。别有情怀去寂愁。

采桑子·晨霜素描

秋深夜露生几重，别梦依稀，霜锁枯枝。满目琼脂慰寂凄。

山河银裹疑飞雪，多少愁离，不负盛时。尽览人间万古奇。

减字木兰花·冬日杂咏

劲风寒号，百卉顿失娇美貌。歌赋常吟，平仄推敲遣句新。

围炉小曲，唱尽人间愁几许。碎玉纷飞，半掩柴门待亲人。

减字木兰花·咏梅

玉堆银砌，梅绽雪天人报喜。瘦损清寒，抱冷首枝头犹可怜。

蚀魂无畏，不与百花争宠魅。颂雅词诗，墙角闲开最适宜。

减字木兰花·四季放歌

风盈绿柳，短笛声声歌翠秀。雨打青莲，珠泪幽池梦里牵。

霜欺芳菊，蕊冷高歌闲散曲。雪映红梅，瘦损心头诗意飞。

小重山·春色

昨夜东风拂陇山，唤呼心上梦，碧云天。骄阳送暖扫冬寒。梅红褪，芽吐绿，鸟鸣欢。

蕊蕾惹人怜，寻幽深古道，醉桃颜。带香衫袖韵潮宽。词新唱，添逸韵，意伸延。

上林春令·冬日闲话

闲坐庭前长忆，雪落处，童心欢喜。掌中六角清观，愿手冷，玉身怎戏？

偶闻瘦叶恋枯枝，任风紧，不离不弃。遣来靓句成曲，果真是，赋新诗丽。

柳梢青·己亥上元偶成

皓月圆盈，元宵节庆，灯火通明。狮舞龙翔，鼓锣说唱，得意春风。

两情相悦心倾，话前景，佳期喜迎。共守良宵，终身约定，良偶天成。

虞美人·春日杂咏

桃花枝上争春景，映照伊人影。落红逐水戏清河，
不失曾经芳艳，笑浪波。

春晖永报青青草，莫可嫌君小。一番滋味涌心头，
年复一年新绿，可情留。

忆秦娥·思母情深

念唯馨，万千情思心头生，心头生。儿行千里，
日每祈兴。

寂寥长叹泪晶莹，相思诉与谁人听，谁人听。借
风送暖，借月传情。

唐多令·七夕感怀

静夜寝不闲，心仪望长天。盛夏风，屡送悠然。
万古琴声和逝水，道不尽，悦君颜。

倾慕结良缘，银河有挂牵。忆尚佳，诗咏新篇。
弓月一弯裁思绪，身安好，妙音传。

西江月·杯酒风情潮涌

晓日频移闲影，晨光惊破残钟。几多依恋可邀逢，烟柳楼台空梦。

皓月剪裁愁绪，碧湖撩拨花容。依然最美女儿红，杯酒风情潮涌。

定风波·晓日临窗暖万家

晓日临窗暖万家，碧湖春水泛朝霞。独用匠心风流起，靓丽，新奇满目赏枫华。

曲水亭楼相掩映，静听，流光溢彩向天涯。邻舍谦和多友善，广传，家家开满吉祥花。

浪淘沙令·寄语莘莘学子

春夏几度逢，梦藏心中，五车学富可积成。莫可厌学一日懒，久久为功。

科场显峥嵘，金榜题名，甘来苦尽沐东风。续写辉煌鸿皓志，逐浪途征。

渔家傲·秋到山村

秋到山村风景异，清香满谷烟岚起。五彩斑斓生福地。君须记，闲云悠悠天然体。

风月经年枝壮已，满山彤红词吟史。映照霞光金谷地，果真是，清风送爽悠然气。

霜天晓角·秋趣

露重清气远，秋高断雁鸣。薄雾满园飘绕，红彤果，醉田耕。

陌野谷吐瑞，玉案诗纵声。且看月光疏影，人相约，曲柔听。

撼庭秋·田园秋韵

暮秋黄叶漫卷，百树容颜转。雾轻风紧，银霜玉被，果香园满。

秋风送爽，怡闲田陌，趣悠清远，赋诗纵云际，豪情万丈，曲声和婉。

诉衷情令·西望长安

崆峒翘首望长安，情怀一线牵。痛生君身我心，泪眼犹堪怜。

寥寂夜，愈忧烦，忆娇颜。盼期音讯，思心刀绞，寝食不安。

恨春迟·可把东风巧引

六出迎风闲散舞，正腊月，梅蕊轻寒。孕育一分奇，瘦损几成贵，集成媚娇颜。

堤柳依然萧萧意，相思起，怎耐清欢。欲把东风巧引，捎去佳音，依稀千里婵娟。

醉太平·上元有寄

上元问柳，丝条弄瘦。横斜疏影映衫袖，满池飘星斗。

街心花灯亮如昼，心有许，必相近。月满西楼月常有，此夜长相守。

画堂春·春到人间

早莺暖树不停啼，炊烟漫过晨曦，长堤垂柳影依稀，燕啄春泥。

野陌春归已久，枯藤摇动寥凄。莫非也为少生机？浅唱愁词。

杏花天·庚子岁首有寄

倚窗春景应物候，柳色新，玉兰依旧。暗香风送笼衫袖，贪恋鸟声鸣奏。

不可忘，今年岁首，疫肆虐，历时恨久。足难出户庭堂走，祈愿康宁相守。

武陵春·春情

空谷三阳花着色，绿韵上枝头。鸟问深春叫不休，浅语唱风流。

垂钓闲来泾岸处，碧水荡轻舟。欲把心情许径幽，架不住，几多愁。

踏莎行·暮春行吟

水秀山青，风和日丽，暮春三月花芳菲。寻幽野径浅愁词，蝶飞蜂舞天降喜。

致远宁心，淡然明志，文章锦绣千年事。几多情愫上心头，畅怀盈袖春潮里。

鹧鸪天·思母梦回

梦里依稀见母颜，相思月色落窗前。朝朝田野拾新草，暮暮厨房蒸旧餐。

娘寂苦，子不安，堂前屋后影孤单。煮茶情暖馨心语，温酒醇香醉柳烟。

鹧鸪天·十月怀胎念母恩

十月怀胎娘可怜，提心吊胆履蹒跚。朝阳神倦茶不饮，暮夜魂牵梦难安。

谨移步，慎行餐，唯嫌疏忽少周全。若言恩惠加几许，母爱情重比泰山。

鹧鸪天·盼归

累在娘身不计功，夜来鼾起火炉红。炕头密织犹嫌少，厨下调和只怕重。

情切切，意浓浓，盼归不见寂寥中。且将相思忙收起，清泪依稀枕上同。

鹧鸪天·贺慈母八十寿辰

庭苑尊亲娘寿安，柴门虽陋不清寒。煮茶烧饭手中过，织帽缝衣心上牵。

风润巷，雨滋园，谷盈仓实广耕田。持家有道唯存厚，耄耋康宁享暮年。

鹧鸪天·贺慈母八十一岁寿诞

叩首丹心拜寿堂，八旬有一子祈康。额头纹路含辛苦，眉宇欢情呈吉祥。

身渐远，影依窗，盼归日夜梦魂香。衔环结草须提早，莫待西游满地殇。

阮郎归·夕照

夕霞红染半边天，渔翁系钓船。牧童牛背有情缘，笛声醉柳烟。

曲幽远，意缠绵，果真好景观。临风把酒展欢颜，鸟和应少眠。

阮郎归·吼秦腔

暮烟四合吼秦腔，调高味长长。腔圆字正诉离伤，至情泪闪光。

梨园淑，野山浪，无须论正装。霞光添彩着霓裳，豪情笑大江。

阮郎归·渔舟唱晚

晚来赤镜坠西川，霞光染钓船。半江春水换容颜，恋歌曲曲弹。

鹊鸣喜，蕊争妍。得时须尽欢。玉盘静夜半空悬，相思落枕边。

阮郎归·晚归

牧童牛背望西山，红霞半染天。笛声撩拨古琴弦，曲幽醉柳烟。

鱼戏水，鸟呈欢。依情无锁烦。玉盘子夜落窗前，慕倾凤合鸾。

鹊桥仙·己亥七夕有寄

愿随天上，情牵人间，架起鹊桥心路。星辰隐去旧时辉，果真是顺应时务。

春风秋雨，寒来暑往，了却经年愁绪。多情只为上心人，哪管得佳词美赋。

鹊桥仙·己亥七夕寄怀

暖阳西坠，繁星初耀，涨满银河相思。万千愁绪化烟云，只为鹊桥永系。

灯光辉映，马龙车水，楼阁亭台有寄。杯光筷影话流年，莫想前朝旧事。

点绛唇·月满中秋

月满中秋，相思纷乱。亲离远。清欢夜宴，共与谁推盏。

岁月悠悠，招惹伊人叹。福缘浅。金樽寸管，何处君颜显。

醉花间·茉莉花

倾花样，忆花样，茉莉花香长。亲手摘琼颜，心中多奇想。

圆月星空朗，忆君多思量。还是那朵花，依旧人人仰。

醉花间·逢端阳

逢端午，唱端午，端午倾贤古。江水付离骚，谁可知君苦。

星空晕云妖，九歌招人妒。悲悯泪垂花，天问依然赋。

荷花媚·荷池清韵

荷池斗芳菲。天然趣，碧叶连天扬翠。清风微拂处，漫弥紫气，显千娇百媚。

久驻足，回望人生路，欲贪皆小渺，时时新味。心为善，平常事，人中君子，不可红尘悔。

一剪梅·腊月廿过六盘山逢雾凇

车过泾源逢雾凇。六盘披玉，万树妆容。岁寒梅隐却奇踪，村舍庄重，陌野玲珑。

仙境人间喜相逢。梦里欣遇，醒后皆同。梨花览尽胜春朝，不问归期，丽日当空。

清平乐·己亥夏至逢雨

夏至潮涌，方好晴空应，烟雨空蒙遮翠影，遍地伞撑风景。

麦色尚待开镰，农耕岂可迟延。润物不分时令，怎可招惹心欢。

鹧鸪天·新年有寄

江碧梅红柳色新，鼓声逗挑看花人。东来紫气添祥瑞，诗味窗前贺暖春。

乐绕院，福临门，灯花摇动小儿身。欢天喜地歌年景，老酒新茶味最真。

临江仙·月影唤人归

金灿霞光倾注，绿荫柳色低垂。田间劳作正当时，壮禾人劲足，陌绿绪频飞。

满盛一腔心事，何时缕缕金衣。秋来仓实盛年思。炊烟唱晚调，月影唤人归。

诉衷情令·佳节正重阳

带霜金菊陌田香。佳节正重阳。远山风景若画，野草泛初黄。

云疏淡，意绵长。赋吟狂。登高望远，雁声南归，醉眼思量。

霜天晓角·咏梅

瓦棱霜挂冷，墙角瓣泛红，搅动暗香一片。枝清瘦，映长空。

雪后一地艳，妩媚图画中，与友奉樽共赏。诗颂雅，曲喝工。

遍地锦·初夏情怀

若洗晴空泻蓝蔚。雪堆云，若痴如醉。草初新，送爽清风。谷静婉，松针吐翠。

日西斜，唱晚牛铃。脆声幽，落摇芳菲。好景观，屏障天然，趣相和，人生不悔。

江城子·咏梅

风过枝间蕊呈香，妒群芳，羡盛妆。小巷深情，寒耐笑冰霜。词意难描心上慕，朝刮肚，夜搜肠。

李桃斗色褪红裳，不争强，怎张扬？苦短人生，珍惜好时光。笑看古今多少事，生怜爱，莫情殇。

江城子·归乡感赋

少年离别老归乡，喜欣狂，意飞扬。心若箭行，收拾行装忙。策马只嫌蹄不疾，思疯涨，路漫长。

昔年玩伴鬓成霜，室庭芳，饭菜香。苦短人生，情至泪成行。杯酒频端不忍喝，言轻细，话沧桑。

江城子·暮春寄怀

时令谷雨好风光，淡容妆，采茶忙。婉约身姿，巧手沐清香。歌入云霄惊宿鸟，声着韵，意飞扬。

柳烟翠竹绕堤塘，赋诗行，咏辞章。流水行云，倩影醉斜阳。梦里依稀踪迹见，来依恋，去愁肠。

江城子·倒春寒之农殇

冷风阵阵过三阳，草枯丧，叶衰亡。春返冬寒，农户已情殇。眼底尽收萧涩景，花皆冻，蕊全伤。

柔枝嫩干怎经霜？苦愁肠，费思量。重整鼓旗，耕种抢时忙。待到秋来模样好，糠盈实，谷堆仓。

江城子·谷雨春和

时令谷雨韵初开，出芳斋，上萧台。观海听涛，花自意中来。且看烟云周角起，神精爽，景舒怀。

叶眉秀处细柔裁，鸭成排，燕归来。流水听琴，弦妙少愁哀。莫让华年空对月，风入袖，影牵苔。

青玉案·问道崆峒寄怀

榴红五月探幽将，谷鸣鸟，花清赏。问道崆峒诗意长。龙翔鹤舞，风清日朗，访客慈心长。

棋盘分界兵相望，登顶皇城众峰仰。清规戒律不可忘。时逢盛世，神情激荡，威显不争强。

青玉案·榴花五月红初鼓

榴花五月红初鼓，色娇艳，群芳妒。笑傲枝头词畅赋。雀燕喃语，蝶蜂飞舞，枝上风轻抚。

玉盘悬空依闲户，愁绪平添逐云雾，缕缕情怀相思苦。褪了红粉，孕儿满富，妆好不能顾。

御街行 · 戊戌中秋夜月

天宫欲览一轮月，品味团圆夜。词诗歌赋诉情怀，薄雾浓云初解。临风把酒，经伦溢韵，香气飘亭榭。

乡愁丝缕心头越，鸿志坚如铁？已然清泪眼角生，满地凋零黄叶。银霜染鬓，暮年益壮，焉负阳刚血。

御街行 · 中秋

每逢佳节相思涌，怀绪漫心中。星河明镜韵潮生，歌赋唱和鸾凤。依栏望月，万般光景，杯酒成新宠。

素来寂寞箫相共，斯夜樽不空。尽邀墨客写风流，雅趣怡情几重。菊花吐艳，粉墙增色，一任情思纵。

风入松 · 闲暇垂钓绿池塘

闲暇垂钓绿池塘，情逸归乡。何曾顾及鱼嬉乐，心放飞，淡想工忙。堤上莺声歌美，河边蛙语呈祥。

婷婷仙子意飞扬，蝶梦花床。周身丽影痴痴恋，人迷景，醉赏莲芳。雨落亭生珠泪，云开花溢清香。

渔家傲·流金七月

流金七月凉意转，风情占尽醉人间，知了声声鸣不断。仙果灿，五彩霞光调轻弹。

品茗妪翁摇小扇，耕夫劳作焉迟缓，任凭地头挥雨汗。家风传，儿郎代代招人羡。

江城子·谷雨素描

人间谷雨少晴天，雨缠绵，草犹怜。抢湿种耕，农事不宜闲。布谷唱和琴瑟妙，娱心境，醉炊烟。

庭中品茗忆桃园，鸟不眠，蝶呈欢。幸福人家，笑语话良贤。把酒临风吟古训，行欲远，品为先。

江城子·落花吟

花枯枝上褪红妆，鸟声藏，蝶魂殇。风雨无言，何处问清香？流水潺潺听诉咏，情切切，意茫茫。

遥思昔日好风光，色过墙，影移窗。过眼云烟，漫漫岁期长。谁说落红不念物？收泣泪，莫徒伤。

望梅花·素心和婉

舞琼时转，野陌影孤形单。望尽际天不见月，素调相思轻弹。颜玉难遮离别苦，恰似深闺浅怨。

素心和婉，律韵赋情闲散。子夜寂寥茶当酒，饮痛清欢醉眼。飘落无声奇妙景，曲韵清新舒缓。

望梅花·戊戌初雪感怀

寂清云暗，冷意长留不散。斯夜漫天琼兴舞，处处山河轻曼。拾起绪怀灯影里，撬动相思片片。

素颜妆点，陌野色光娇艳。满树玉枝悬贵富，涨起心湖曲婉。深蘸丹青描丽景，恐怕他年惜叹。

白雪·红梅

隆冬晓日，天欲雪、茫茫四野空蒙。车马甚稀，层云紧锁。梅花艳色偏红。俏颜容，雅风颂、可解痴情？不争宠、傲霜独立，意气笑寒风。

琼玉起兴舞轻，飞思绪乱，意情浓。素昧不欺花韵，相映趣平生，听雪落，瘦了容鬓，爱慕恋几重。赤心期许，何年再觅芳踪？

行香子·小年

霜去寒移，梅绽情思。春潮动、唱尽玄机。挂灯结彩，庆舞雄狮。听鼓锣敲，秦腔吼，脆鹂啼。

人勤春早，家和兴事。乐躬耕、雅逸成词。秀山丰水，烟柳长堤。看江河涌，犁铧动，鲤鱼嬉。

行香子·年味

云绕山峦，梅瘦清寒。秧歌动，竹爆平安。赋诗颂咏，好运祈连。听鼓声飞，春潮响，鸟鸣喧。

门迎千福，庭中朋满。话桑麻，把酒言欢。惠风和畅，人庆团圆。任才华溢，情思纵，福康延。

两同心·春之韵

丽日风和，碧波清爽。梅妆红，余韵尚存，柳初绿，心湖荡漾。涌潮声，开泰三阳，春色醉赏。

绿瘦肥红相傍，景印心上。深巷里，乳燕呢喃，枝头间，早莺啼响。叹时迁，难以成兴，此情可忘?

唐多令·心仪望长安

静夜寝不闲，心仪望长安。盛夏风，屡送悠然。万古琴声和逝水，道不尽，悦君颜。

偶遇结良缘，银屏一线牵。忆尚佳，诗咏新篇。圆月一轮裁思绪，身安好，妙音传。

摊破南乡子·秋日丝语

醉露已清秋。云空雁，换阵不休。几度北往几度识，星移斗转，如梭岁月，勾起乡愁。

野陌泻芳幽。观胜景，更上层楼。念怀畅寄竹笺中，一帘素梦随风，相思漫过心头。

遐方怨·赏雪闲吟

云溢彩，雪流光。万里琼堆砌，千山乱玉镶。六边野陌意轻扬，漫调情思味悠长。

摊画卷，傍闲窗。雪落琴书润，风过翰墨香。暖茶烧酒逸回廊，吟诗歌景满庭芳。

辊绣毬·云影绕青山

云影绕青山。初过雨，同行麻武。气清风爽，林荫旁道，卯梁深处，羡人嫩草，着迷轻雾。

眷恋漫过心路。长相忆，曲词歌赋。唱吟天籁，月星交会，风流不尽，参禅悟道，万千情愫。

鹤冲天·端阳心祭

清风日暖，遍赏江南地，五月赛龙舟，端阳启。艾叶香四溢，门楣横，邪瘟避，焉敢任恣肆，福祈康宁，家和业兴添喜。

离骚颂咏长愁思，难免怜旧事，心头起。米酒应天祭，怀奋勇，歌忠义，唱侠肝壮丽，江河潮涨，万千赋诗词意。

水调歌头·中秋寄怀

邀月作萌友，水色共长天。和风不问几许，樽盏叙流年。漫溢醇香不去，散落清辉玉宇，驱却五更寒。浸露湿衫袖，情愫满人间。

望星空，疏素榻，不成眠。万千思绪，游子心底话团圆。不叹悲欢离合，且看阴晴圆缺，怎可保周全。岁月时时好，长空共婵娟。

三奠子·雨后秋韵

入秋逢萧雨，怨不成眠。风啸紧，叶飞残。阳光有多暖？滴漏五更寒。鸟稀迹，花容落，弱声蝉。

云开见日，漫绪无边。登顶处，望长川。悠悠东逝水，浅浅素琴弦。风送爽，诗生韵，曲吟闲。

一丛花·仲秋遥寄友人

秋风一度复重还，黄菊绽新颜。声声雁阵鸣萧景，思绪添，云里孤单？山高水长，露清霜冷，不耐五更寒。

陌田处处见炊烟，香气溢庭前。天涯海角栖何处，续挂牵，君可身安。无尽愁绪，几多清赏，楚楚顿生怜。

一七令·咏词

词

清韵，幽姿。

吟欢聚，诉愁离。

前朝怪象，当代新奇。

咏蓝图贵畅，歌丽景贤稀。

云雪雨风吻句，油盐柴米亲题。

无情岁月惊回首，有味丹青乐相依。

一七令·赏琴

琴

和曲，融心。

堂前赏，月中寻。

弦上弄指，云外调音。

似琼浆玉露，若细雨甘霖。

座上纵情畅饮，庭前雅和漓淋。

不与荣华常做伴，乐向山水永相邻。

红林檎近·岁寒三友

千树落黄叶，群山生玉霜。梅蕊枝头艳，傲寒绽风光。苍松岩边吐翠，青竹园中遮廊。三友韵味无疆。除萧不轻狂。

岁寒稀逸景，梅树着红妆。无心问媚，清闲意气飞扬。竹松蓄劲势，丰躯肥叶，历年不觉时日长。

醉思仙·柳湖寄怀

柳湖娇，若翠颜色染，古树新高。看风光锦绣，增艳添娇，湖光绿，柳情柔，戏鸭舞逍遥。鸟声喧，竹影静，道幽炎气轻消。

双桨撩碧波，欢声飞入枝梢。愿太平盛世，物阜民豪。人呼醉，蝉吟痴，赋意广，曲情高。一杯茶，半轮月，相思漫过弓桥。

秋夜月·田园吟闲

霜生红叶。露初晶，花将谢，仲秋时节。野陌醇香轻漫，鸟声和悦。风轻柔，云闲适，牛羊队列。盛观、心底怎不流惬？

残阳如血。调轻弹，和美曲，茶浮金屑。倚阁临风清赏，媚娇焉缺。诗吟古，词唱趣，先贤难越。慕仰、幻境妙思多绝。

拾翠羽·庚子初夏吟怀

迎夏辞春，莲叶接天新绿。露轻沾，沁香芬馥。初荷小绽，嫩柔情逐。风妩媚，清雅满池驱俗。

驻足长观，唯觉净心明目。叹凡尘，横流贪欲。人生几载，可供消烛。应惜时，明志达观深读。

满庭芳·春景

雨落山峦，风过河岸，犁开耕动春田。育苗播种，农事手不闲。堤上风吹烟柳，草青翠，对月无眠。春潮动，紫燕双舞，雀鸟尽知欢。

多情诗入画，莺声清脆，花色倾颜。上高台，楼亭风景皆看。极目远望苍海，万象涌，白浪涛天。回眸处，桃花开盛，情意暖人间。

泛兰舟·雪问梅香

空中琼花飞舞，撞怀情思乱。暮天四野清寒，青舍饮烟漫。枯树逢春，梨花朵朵。遥望深巷，雄调谁人轻弹？

风骨瘦轻，枝头香抱味飘远。雪吻疏影清香，难抑相思漫。何处佳人，望眼欲穿，情为何物，思潮万千心暖。

水调歌头·冬日吟怀

飞雪漫天舞，野陌说空灵。可知人间温暖，任尔纵思情。凸显悠然依恋，影绕寒光速转，凄寂有谁听？洁雅落梅上，添得几多馨。

愿天冷，人不惧，趣多生。素心若雪，遥问归隐与谁行？朝诵词诗歌赋，暮写丹青心路。趣味绕门庭。不问红尘事，悠曲静心听。

飞雪满群山·梅映红衣

野岭琼封，梅开争艳，赤阳映照晴川。红衣女子，沾琼移步，幻生几许心怜。醉痴情意重，果真是，惜时忘寒。倩姿勾画，沉鱼落雁，谁见不心欢？

时静好，孤芳独自品，皓月悬当空，遍赏清闲。歌声曼妙，悠思起舞。可生愫愫情缘，且消长相忆，心生慕、遥祈远天。阑珊灯火，吟诗咏曲不可眠。

烛影摇红·雪梅情结

时令严冬，红梅开盛山头显。天宫招惹散琼飞，逸趣心湖漫。裹住素心绵软。信书传，相思寸管。景观入眼，醉意平添，歌声约婉。

飞转香魂，一任温室千花鲜。花红笑傲满身寒，何必蜂相恋。瘦枝娇颜永伴。慕雪白，情怀片片。邀人清赏，意气纷飞，壮怀诗远。

疏影·春光

劲锣响鼓，紫气飘，裁剪暖风几度。柳叶垂青，桃蕊正红，春色陌田娇妩。残琼岭野皆消尽，尽情望，嫩芽初吐。彩蝶飞，贴草沾花，尽享婉依情愫。

春景风光唱绝，碧波弄疏影，摇荡心许。紫燕呢喃，振翅盘旋，声韵飞穿玉宇。叫醒枕角良宵梦，理云鬓，闲窗私语。怯问郎君几时归，不尽相思倾诉。

声声慢·清明寄怀

西游驾鹤，转瞬三春，常忆父老尊容。又是清明，坟地叩拜添恭。桃花依旧绽盛，寂寥人，雨泪同生。此处景，阴阳两界，梦里相逢。

遥忆亲情之乐，身有教，从来孝道传承。友和乡邻，造就简朴家风。含辛受累奔走，艺求精，惠到人同。乐施善，广交心、处处有朋。

满庭芳·春情

桃蕊正红，柳芽初绿，春雷声动云天。种深希冀，碧空映晴川。岸上草长莺舞，游鱼戏，飞鸟呈欢。情初暖，乳燕喃语，檐上脆声喧。

多情诗入画，观涛听雪，舞袖摇扇。忆往昔，临风醉酒当年。登顶遥望远景，志踌躇，笑了容颜。春归处，人生至乐，尽享太平年。

满庭芳·春韵

东苑书声，西厢燕舞，人间情满庭堂。依楼听雨，妙意绕花窗。闲看花开花落，东风散，世事沧桑。至情处，泪沾衫袖，梦里味绵长。

长堤盈疏柳，逸情翰墨，锦绣文章。可记否？人生多少匆忙。岁月蹉跎怎敢，自思量，诚恐诚惶。惊回首，诗词侍兴，壮志不能忘。

满庭芳·春之心

词颂红梅，诗吟绿柳，江南塞北同幽。画船听雨，此景少烦忧。翰墨丹青描绘，如椽笔，写满春秋。至酣处，开樽对月，饮尽几多愁？

江边风景好，千舟竞渡，百艇争流。醉意浓，谷深飞鸟鸣喉。庭上品茶赏画，忆岁月，耕读不休。年华好，锦团簇拥，唱晚骑青牛。

八声甘州·秋韵

望蓝天雁阵带情飞，声声着清凉，满目含眷恋。枝头硕果，五谷丰仓。尽看秋颜丰韵，千树换容妆。慨叹深秋美，羡了春光。

惯看阳春丽景，岂知秋味远，目悦心芳。恨时光飞逝，处处是家乡。至情处，醉眼蒙眬。问归期，梦语说迷茫。悠悠意，无边情景，去了忧伤。

八声甘州·秋日寄怀

看远山呈百色千颜，绘就秀丰图，散去萧萧意。山河览胜，更上层隅。无限风光入目，盛象醉心湖。叹韵景飞逝，怎可诗书？

饱受风霜雪雨，厚人生阅历，精气盈余。志怀存高远，云影极天舒。望江河，奔腾浩荡。听琴声，悠味乐池鱼。追时尚，风情万种，歌美词娱。

桂枝香·晚秋咏怀

风生妙语，听天籁强音，情结丝缕。烟雨空蒙景象，韵悠长叙。层林霜染红千卷，映斜阳，荡漾心路。鸟鸣幽谷，韵声四溢，松针悬露。

望溪河，琴弦谱素。叹江水歌咏，万千思绪。好景年年依旧，奈何年暮。欲歌新赋愁肠起，愿通云天借佳句。挥毫泼墨，畅吟风流，此情谁诉？

惜寒梅·踏雪归来味正浓

啸啸寒风，卷琼花，乱玉漫飞迷眼。洒洒扬扬，舞动灵光唱婉，态娇飘逸话舒缓。风流颂，声息尽鲜，片片心素，雅砌洁堆，壮丽诗灿。

相约共赏冷艳。印痕踏雪深，绪思难转。炉火正红，煮酒文章味远，闲愁离去莫惜叹。空寂切，倦容遣散。曲词歌赋，梅香和韵，尽享情暖。

芳草渡·己亥夏日多雨感赋

时令转，应和美山川，莺歌燕舞。满目皆含翠，花香草绿峰妩。处处闻鸟语，纷呈天然趣。迤逦景，月下听琴，相思倾侣。

麦黄季节，叹日连阴云不去。浪潮涌，心情湿透，漫天泪珠雨。小芽出穗，意所为？向谁倾诉。此等事，激起千般思绪。

扬州慢·秋日吟闲

唱晚寒蝉，啼沾清露，光阴又值金秋。赏幽湖，柳叶瘦，多了闲愁。影深处，松枝吐翠，藕根吟白，羁绊轻舟。道途中，数点榴红，吟醉心柔。

初升皓月，煮新茶，玉案琴楼。妙言著华章，临池探古，写尽风流。管竹丝弦清赏，颜和悦，情上心头。咏壮诗宏赋，绪思万缕神游。

玉蝴蝶·国庆假日登崆峒感怀

假日崆峒漫步，雾烟轻绕，松色波倾，碧水轻舟飞渡，浪卷琴声。眺仙山，通幽曲径；听古寺，荡气钟声。立隍城，极眸环望，阡陌纵横。

秋清，惠风和畅，野花闲散，山色妆盛。香客探幽不绝，问道怡情。上天梯，攀登绝险；添锐气，广纳诗兴。壮怀生，坦途追梦，歌醉长听。

望海潮·秋日登崆峒寄怀

秋登名胜，崆峒眩目，三教共处叹观。苍柏翠松，翔龙舞鹤，枫林霸染娇妍。望碧海云天，观仙山圣境，意趣悠然。殿宇藏经，诵声入耳意轻延。

遥思问道当年。赞心仪伺礼，经久相传。心系众民，情牵疾苦，政通人和心欢，歌久治长安。唱民丰物阜，道路平宽。万里河山尽赏，此处独情编。

行香子·梅雪情结

六出扬飞，大雪应时。正冬深，玉落长堤。琼花满树，南国称奇。野陌梅红，香气泛，孕芳姿。

人语渐稀，鸟声迷离。对时空，唱和情诗。柴门半掩，温酒吟词。觅古论今，绪柔涌，漫相思。

暗香·雪

寒冬深处，六出飞银色，通连天路。万里琼堆，妖娆山川玉频布。一夜梨花怒放，树逢春，激情倾吐。时空静，封住喧哗，亭榭唱悠古。

念赋，思如故。汲日月精华，洁净门户。润滋沃土。任凭红尘著心素。妆点梅花奇艳，费思量，万千情绪。壮岁图，风过处，暗香几缕。

忆旧游·公园漫步

忆公园漫步，消暑林荫，径曲通幽。琴声东南起，念芳华不去，唱尽风流。消除几许严谨，舞韵伴情柔。望星疏晴空，月光竹影，摇落闲愁。

举杯，问月可同醉？对饮不休。相思心头起，叹人生苦短，不计劳酬。故巢尚有新燕，不应欲贪求。渐人迹栖藏，清风共与长相留。

拂霓裳·忆流年

梦魂牵，摆摇灯影五更天。惊回首，恰逢高考忆流年。板凳常坐冷，书案已褪颜。志当先。乐耘耕，峰岭勇登攀。

流金岁日，道狭窄，步维艰。年半百，赤心浪迹几时还。历经风雨苦，耐得雪霜寒。独清欢。愿佳期，星月共樽前。

金盏倒垂莲·七夕夜话

秋月春花，浪漫相思情非浅。月明枕上梦魂香，鸿雁书飞传。世事凡尘尽看，掬笑靥，醉眼蒙眬。去了忧怨，丝丝怜语，悠悠琴弹。

红袖添香，丹青翰墨歌良缘。时令芒种不宜闲，麦浪风撩汗。苦读寒窗开卷，笔如椽，春秋写满。词歌盛世，诗咏华年，人间情暖。

烛影摇红·潮头立勇

十载寒窗，青灯黄卷摇竹影。笃学自信少狂轻，识慧勤捷径。欲练一身本领，日日新，词诗颂诵，流光飞逝，痴迷忘时，书田耕种。

烛影摇红，磨穿铁砚思才纵。扬眉吐气意轩昂，学海千帆竞。泼墨挥毫逐梦，少壮志，豪情溢涌，初心莫负，风流占尽，潮头立勇。

十样花·咏花

迎春花

已是春临移季，恰好花开祥地。十里点妆素，时正好，吐芳意，韵幽庭院里。

水　仙

节庆年花开遍，昼夜呈欢盆满。不禁满庭芳，身可贵，运途返，塞南江北鲜。

兰　花

世间清幽兰极，沾露素心不泣。静雅溢芳香，娇媚去，品端立，颂诗犹可辑。

桃　花

三月春风裁剪，多彩桃花吹散。到处染红颜，蜂才去，鸟鸣啭，落红情不乱。

梨　花

带雨梨花白泛，若雪素心清淡。好景陌田生，春风度，韵诗遣，曲终人不散。

杏 花

不为出墙争宠，一味心牵芳盛。好让柔枝俏，寻蜂舞，觅蝶影，可怜风落景。

荷 花

最爱芙蓉高雅，玉立亭亭妆夏。素婉若仙子，风动影，欲贪寡，任凭词逸洒。

石榴花

绿树榴花初鼓，红晕群英生妒。爽口笑青云，风落帽，果轻吐，韵诗情尽赋。

菊 花

九月开盛娇媚，姹紫嫣红新菲。寂寂意犹浓，群芳妒，傲霜蕾，入茶稀品味。

梅 花

腊月红花新样，雪落匆匆梅赏。陌上韵词生，肌瘦损，孕寒将，个中滋味长。

生活的地方

苍茫雪山

天上的精灵

落在高高的山上

一场雪还没有来得及消融

又被盖上厚厚的一层

雪山便在四季的轮回中固化

消雪的声音刺破天籁

就有新的雪落下

年复一年

雪不可能消尽

雪山就永远固守着

那一份冰清玉洁

我仰望雪山却不敢攀登

跳动的江河

江河没心没肺
日夜给相关或不相关的人
弹唱无弦的情歌

江河无边无沿
总爱把触角伸向看似遥不可及的地方

江河仿佛人体流动的血脉
护佑着跳动的心律
强时涨潮弱时蓄势
跳动的江河
永远没有休止符

天地辽阔

眼睛无法望尽天的宽广

脚板不能丈量地的博大

天地辽阔得让一切都成了小众

在天地间行走

万事万物都没有称王的足够理由

在这天地辽阔中做一个小我

仰观日月星辰

感知雨露风霜

品味苦辣酸甜

于物我两忘的境界里

倾听，透悟，达观

陌　田

陌田被人无数次平整之后

舒展成温床的模样

埋在黄土里的种子

悄无声息地生根发芽

鼓足勇气破土出世

快活成摇篮里的孩子

于是，阳光雨露争相呵护照顾

禾苗努力地长成各自的模样

用最丰腴的果实

回馈着种地的老农

日子，在四季的轮回中

红红火火

在草原纵马

草原一眼望不到边
羊群洁白成片片云朵

骑马少年牧鞭的脆响
甩成将军出征时的威武

在草原驰骋
马与少年共同享受着激情
快乐成天地的主宰

抓一把时空的风

抓一把时空的风

在手心握紧

感知风的温度

需要用心的细微

握在手心的风

应该是甜蜜的宠儿

至少在这缺情少爱的时空

还有人在乎你的存在

慰藉积淀很久的忧伤

有时

信马由缰未必就是一种幸福

静听蝉鸣

总喜欢行走在盛夏的林荫小道
不仅仅是为了避暑
更爱听蝉的鸣叫
此起彼伏成生命的乐章

循声望去
蝉身修就的保护色
很难发现这声音的出处
让自然的天敌
一点也摸不着头脑

听蝉鸣的声音
最好是有月光的夜晚
与蛙鼓合唱成混响
夜色深不可测

倾听黄河

黄河被称为母亲河
让我对这条河
平添了几许亲切和敬意

这条河由西向东的定律
没有半点逆行的意思
被我通读后的黄河
没有一丝羞涩
平缓抒情地昼夜奔流

黄河听涛
无须等到潮涨潮落
随时随地都可以享受绝妙的声音
从旷古走来
铁桥，摆渡着南来北往
洗不清的污点
不应与黄河有丝毫关联

开在高处的花

快要立秋了

八月的骄阳

依旧火辣辣地烘烤着大地

总喜欢在树干合拢不住的古槐下乘凉

在知了一声高过一声的鸣叫中

听时光随风而逝的声音

直到香气自上而下又自下而上地钻入鼻孔

老槐树的树冠开满了白里透黄的花朵

因为树已参天，开在高处的花

应该养尊处优

凋谢了的花瓣轻轻落下

我未曾用手接住掉在地上的

不知摔疼了没有

我隐约看见了老槐树的眼泪

从枝头跟着滑落

地面的浓度

粘得人的脚板吱吱作响

安口窑

任何一个物件
附着一段历史之后
就与价值和神秘勾连在一起
安口窑也不例外

黑土的黏性和韧劲
在人的思想中成为各式各样的器皿
经历火的锻造和出窑的仪式感
神圣成火鸟的光彩

人可以控制窑的温度
却控制不了色度和亮度
只好交给窑的情绪和喜好
当某年某月某日
瓷器被陈列在殿堂之上
让一切文字都苍白得失去颜色

牧鞭，甩出生活的脆响

羊群在山坡上悠闲吃草

但没有忘记自己是被管理的团队

群羊在头羊的率领下

肆意撑开肚皮猛吃

羊的牙齿扯断青草的声音

淹没在风的聒噪里

天蓝得出奇

云朵疏散游走

像极了草坡上的羊群

羊倌的牧鞭

甩出了生活的脆响

羊群开始走向回家的路

不紧不慢

马头琴

用马的血浸染过之后
从草原的深处走来
带着一股烈性的忠诚
弹响天籁之音
马头琴抬起高贵的头颅
足以让人仰视
马头琴响起
眼睛看到的是爱意横流
心听到的是马蹄声响

拆散骨头的痛

安埋了父亲之后

我散架的身躯躺在父亲长年睡过的炕头

软弱得丝毫动弹不得

连给客人敬酒的力气

也从肉身抽不出一丁半点

心头泛滥的泪流不出眼眶的时候

感觉自己病得还不轻

我出窍的灵魂

在父亲的坟前长跪不起

贩赎长年漂泊不能侍奉床前的罪孽

拆散骨头的痛

游走在我的周身无法离去

一直持续了漫长的三年之久

我被青草深深吸引

夏天的草原
应该是茂密美丽的
你可以把草绿云白天蓝掬在手心
此刻，策马辽阔的草原
把心交给白云和蓝天
纵情纵欲着信马由缰
第二天醒来的时候
我似乎看见
那些被马蹄踩伤的嫩草
在星空下含泪疗伤
当太阳又一次升起的时候
青草仍以昂扬的姿态
接纳新的马蹄从身上疾驰而过
我开始对青草肃然起敬

苹果红了

季节被钟表的时针拨转到秋天
挂在枝头的苹果又一次红了
果农脸上的皱纹也跟着这色度
一天天舒展开来

历经了施肥、剪枝、疏花
套袋、杀虫、取袋系列工序之后
太阳一点也不吝啬光芒
倾情照射着每个果子
单怕忽视了角角落落

采摘苹果的时候
粗糙的大手小心翼翼地触摸
生怕伤着苹果的身躯
影响到将来红火的日子

诗　行

把心里的想法

掺和进山水田园和人情世故

对着荧光屏喋喋不休

已经照顾不到回车键的情绪

超负荷运转的结果

短歌就成了长调

无论这些在心底跳动过的文字

将来归宿于何处

在不能舒适别人的时候

先快活一下自己

麦芒划破过我的手指

很小的时候

我捡拾过散落在地里的麦穗

麦芒毫不留情地划破我的小手

钻心的疼痛让我一度讨厌麦子

当懂得麦子磨成的面粉养活了我之后

我为我的小心眼感到羞愧难当

浅表的痛于粉身碎骨的奉献而言

显得微不足道

于是，我亲近禾田

对风中瘦骨支撑的小麦

肃然起敬

空灵成一座山的样子

崆峒山是丝绸古道上的一颗明珠

轩辕黄帝问道的传说

足以让一座山神秘起来

南秀北雄的相貌

勾引人一探深浅的冲动

广成子与赤松子下过棋的地方

对弈了千年人生的棋盘上

必然落子成局

磨针石磨出的锋利刺破心的土壤

持之以恒的教化开始生根发芽

上天梯的台阶

走出了攀登者的样子

印下一味向上的心痕

崆峒山缄默不语的空灵

静默得出奇神化

天空有鸟群飞过

秋天来了
雪白的云朵在蔚蓝的天空游走
被风吹落的树叶在空中翻着跟头
生命的轻重在转瞬之间凸现

时令已近白露
气温一天凉过一天
禾田的谷子熟透成金黄鲜亮
沉甸甸的味道诱惑饥渴
鸟儿已无法坐等这美食勾引
带着心事匆匆赶路
由北向南的叫声里充满乡愁

鸟群从天空飞过
脚步踩着季节的卡点
集结在一起一路抱团取暖
却没有人可以为它们
检测核酸的阴阳

圆在中秋的明月

中秋的月依旧从黄昏的柳梢头升起
干净利索且清新明净

三百六十五个日日夜夜的念想
在今夜的月色里井喷

玉润珠圆成心镜的月亮
迫使所有的街灯统统让步

中秋的月是超豪华版的月
足以让人们仰观共赏

如果无法定格这一轮圆月
就让情怀跟随圆月由东向西

野　花

太阳火辣辣地烤着

塬上的麦子就熟透了

黄成了金贵和富有的架势

不被人们待见的小野花

在山坡上静静地开着

偶尔有风吹过

侧漏的香气

不小心诱惑到割麦人的嗅觉

东张西望的眼神流出贪婪

麦黄的颜色被镰刀屠尽之后

红白蓝绿的小野花

开始主宰起塬上的秀丽

无名或者有名的野花

开在牧羊娃青春萌动的心头

有时也会采摘几朵送给心仪的女子

插进装满清水的酒瓶

香了一个夏天

桂花树下

如果说中秋的月最圆

那么，中秋的桂花就一定最香

邀月共饮一杯相思的酒

醉倒在桂花树下

被香气漫浸的梦五花八门

趁着这醉意

用心头的笔饱蘸月光之水

和着桂花的香气

给天堂的父母写一封家书

差清风做派送大哥

捎去遥远的祝福

带回久违的音讯

不问富贵但求安宁

饮一杯思念的心酒

有了月圆，有了花香
就不能少了美酒
中秋，饮一杯思念的心酒
合着月光和桂花的香气
醉倒在他乡的清风里
梦中，忧愁远去
过了今夜
明知是南柯一梦
能笑醒在黎明便好

月饼与月

小时候的中秋节
期盼月圆的日子
盼的是娘烙的月饼

一双小手捧一块月饼
便将天上的月亮捧在了手心
久久不愿下口去咬
生怕残缺不圆坏了心情

月饼得名于月
中秋的月圆是情思
娘烙的月饼圆是生活

在父母的坟头挂一盏心灯

父母相继去世

按照习俗

要在坟头挂盏灯笼照亮

弟弟坚持给父母的坟头

早上奠茶，晚上挂灯

虔诚地坚持了七七四十九天

床前尽孝和逝后的习俗

弟弟都做得周到细致

我无法做一个尽孝道的儿子

只好在父母的坟头挂一盏心灯

让灵魂朝夕相互守望

无时无刻不用心告慰

此生是他们的儿子

来世我还想做

折封情感

父亲是一个地地道道的农民
靠祖传的小手艺养家糊口
年迈的父亲
把一生的积蓄均分成三份
用于三个孙子读大学
在他的信念里
支持孙子读书深造
是天大的事情
没有读过书的父亲
拼着命识了很多的字
父亲总爱说钱不能乱花
在我的记忆里
父亲每每外出
带回家的书籍比美食要多得多
有的书我至今还没读完
如今看来
父亲对花钱的态度
诠释着好钢用在刀刃上

父亲的手术刀

安埋了父亲之后整理遗物
我带走父亲的手术刀包留作念想
安放在我书柜最重要的位置
几乎每天都能看见

手术刀包里分层装着
五把大小不一的手术刀
和一根缝合切口的 5 厘米长针
这点行头伴随父亲走过一生
也让父亲走南闯北名震方圆百里

在父亲的手术刀面前
再烈性的大牲口都没有脾气
在行走中能精准飞速完成手术
我小小年纪曾跟随父亲见过场面
从人们崇拜的目光里

我似乎读懂了什么

靠手艺吃饭得有两把刷子

无论哪个行当

母亲的脚板

相对于有些女人们的三寸金莲
母亲还是比较幸运的
因为，她下地干活的脚板
缠了一半不到就松开了

母亲的脚一直藏在袜子里面
我从来没有见过母亲洗脚的样子
后来才知道那缠了一半的脚
十个脚指头已经变了形状
怕孩子看见被吓着

三寸金莲是对女人脚小的褒奖？
从母亲的脚板上
我开始讨厌起这个词汇
害苦了多少爱美的女人

角色中的母亲

在一大家子吃喝面前
母亲是掌勺的
人口最多的时候将近二十个
祖母过世得早
母亲还要拉扯和姐姐同龄的小叔子
油灯下的缝缝补补
让日子在煎熬中一天天走过
母亲用亲和笼络着妯娌之间的情感
一个屋檐下生活得和和美美
言语中也没个磕磕碰碰
妯娌们学到母亲做饭的手艺之后
在一个冬天的午后
我的大家庭才一分为四
各自开始了独立的生活方式
角色中的母亲
终于可以歇歇她那
缠了一半的小脚板

母亲的顶针

母亲的中指
长年被银色顶针套紧

被岁月磨亮的顶针
帮着母亲让针线穿过了千层底

那些被系住的月辉星光
暖了儿女的心房

走在凸凸凹凹的路上
每一次低头我都能看见母亲的影子

年轻时的母亲不知道什么是荣华
顶针是她最好的钻戒

心头的朱砂痣

你曾经在我的耳边轻声说过
想在脸的某个部位长一个明显标识
这样就可以让我
在人海中一眼就能认出你
我郑重地说，你已经长在我的心上
成了我心头红得发紫的朱砂痣
那天，你笑成了童年的开心模样
从此，我们就手牵着手走到了一起
风雨无阻，风雨同舟，风雨兼程
无论海角天涯都如影随形
无法割舍的情结
织成了我心头的幸福之花
常开常新

时光之声

夜很静很深
钟表秒针转动时光的声音
叫响了流年的律动
四季更替里的花开花落
推演着年复一年

面对镜子
霜染青丝里的愁绪
架不住流水琴声的敲打
掬一捧时光在手心
打量岁月
重心，已经找不到支点

匆匆流逝的时光之声
由近及远
无论你沉睡还是清醒
抑或听还是不听
声音真真切切

喊　山

我喜欢站在山顶上

对着谷腰沟底大声喊叫

试图找回小时候放羊的记忆

当我喊第一声的时候

霜的威力开始呈现

山坡上的草色开始由绿变黄

我又喊了第二声

满山遍野的树落了叶子

枝头的苹果已经由青变红

我不敢再喊第三声了

我害怕喊走了整个秋天

让农人辛苦了大半年的谷子

来不及收割就被一场暴风雪盖定

等着上学的娃

就会少了盘缠

等一场雪落在秋天的雨里

秋已深沉
枫叶红成了心头的相思

起风了
所有的忧伤被吹得七零八落

站在秋天的雨里等一场雪落
不问流年，只愿白头与共

等分秋天

在立秋第四十五天
季节把自己均匀地分开
一半贴在夏的身后
另一半贴在冬的胸前
这一天
昼夜对齐于等臂的天平
梦不侧漏

秋分等分了季节，等分了昼夜
我爱秋天的心
目前，还没有什么可以分割
将来也许永远也不会有
一门心思收获
人世间的亲情、友情以及爱情

落　叶

秋风将存留在树枝上的

最后一片叶子撕落之后

树对秋风之恨也升腾到了极致

其实，风只是做了落叶

结束生命的帮手而已

绿叶对根的思念

以枯萎发黄的身心走近

这不应该是根之所期所盼

叶子离开母本

树的痛将裸露于寒风中

渴望一场雪的降临

盖住心痛悄悄疗伤

隐忍一个漫长的冬季

静待新的生命在春天发芽

风吹冷了秋色

秋天，应该是一个多彩的季节
各种颜色堆积起来的厚度
将一座又一座山峦
染成了巨幅油画
密的地方，浓情奔涌
疏的地方，气度张扬
一阵萧萧的风吹过
冷了秋色凉了心情
白露为霜
结晶在季节的深处
远了回眸

叶对根的诉说

蓄势屯养了一个冬天的树枝

如期在春雨后吐出嫩芽

一天天长大一天天由黄变绿

让周边风景如画

深埋黄土地里的根

拼着命把根系扎深拓展

让叶子硕肥透绿

叶子亮丽了春、夏、秋三个季节后

被冬天的一场雪深埋树下

叶对根的回报

无言以对

月光落在游子身上

今夜的月光
被洁白的窗纱
一遍又一遍地过滤
轻柔地落在游子的身上
屏住呼吸
似乎感知到了妈妈的气息
我成了襁褓里的孩子
被温暖的臂膀
搂得很紧

歪脖子树

山坡上，长着一棵歪脖子树
长年被风吹湿过
被月晾晒过
还被雪温暖过

据说，歪脖子树年轻的时候
头抬得很高
因为努力多结果子
才被压弯了脊梁

歪脖子树
依旧春天开花秋天挂果
每每经过她的身旁
我总会想起我的丑娘

等一只鸟归来

我经常在一棵树下
等一只鸟归来
树杈里的鸟窝
已经空了很久很久

等一只鸟归来
从春天等到秋天
从冬天等到夏天
鸟窝还是空着
树不断地长大变老
鸟窝看起来越小越瘦

等一只鸟归来
我站在树下
哪怕等白头发
年迈的妈妈

守在村子的巷口
是否也在像我一样
等那只不知归期的鸟
平安回家

心中的那朵雪莲

父亲走了，走得那样平静
没有痛苦，没有牵挂
我一直以为你只是累了
需要没有任何打扰的长睡
好让原本倦困的躯体静养
你走了
影子，站成了我心中的那朵雪莲

父亲走了
我收集了一大堆的文字
准备为他老人家写一篇祭文
却不知道从哪里开头
时间过去了很久很久
不敢提及父亲这个字眼
只好让心冰封起来
给雪莲一个安逸的环境
让父亲在我的心上
永久地活着

给母亲的云鬓插一朵野花

母亲没有时间梳妆打扮
尽管她的秀发乌黑发亮
总是被岁月的风吹得乱七八糟
为了生活忽略了女人爱美的天性
其实，母亲是一个
厅堂和厨房都可以任意行走的人
只是为了养家糊口
把光鲜亮丽一生搁浅
母亲节快要到了
我想为母亲的云鬓插一朵野花
让芬芳品出她辛劳一生
出力流汗的味道

枕着月光入睡

总喜欢在夜深人静的时候
关上寝室早已厌倦的台灯
拉开遮羞的厚实窗帘
让皎洁的月光
透过薄如蝉翼的窗纱
泻满整个床铺
躺在月光环绕的柔情里
脑子是闲散的，可以信马由缰
想嫦娥奔月和牛郎织女的故事
也可以想家长里短儿女情长
身子是自由的
可以仰拉八叉地摊开自己
也可以循规蹈矩地恪守清寂
困了的时候
枕着月光入睡
梦里总会有故乡的情节浮现
那甜蜜的烟火气息
让一抹乡愁渐行渐远

云 梯

远远向山峰望去

天上的云和山峰亲吻在一起

我羡慕山峰的艳福

什么时候也能信手

摘一片云朵揣在怀里

用体温暖热之后

落成滋润万物的雨

让晒卷的禾苗舒展筋骨

展现出亮丽的叶子

置一架云梯搭在心头

让梦永远继续下去

夜晚是一个多元的时段

人们总习惯于将夜

与黑暗、孤寂甚至死亡

紧密地联系在一起

其实，夜是一个多元的时段

有星月和灯光的交织

有蛙鼓与虫鸣的合唱

还有夜行人眼睛与心灵的碰撞

生命在夜的时段

是一个养精蓄锐的过程

可以揭去面纱卸下伪装

无所顾忌地做事和生活

一个喜好独处的人

一定会偏爱迷人的夜色

文字，记录下一个时代的琐碎

一个时代

就是日复一日的叠加

一段过往的史料

都被会说话的文字

或翔实或简略地记录下来

不用插图

能够想象出

那个时代的样子

衣着，行装

以及故事里或哭或笑的面部表情

看透之后

终究还是那些柴米油盐的生活琐碎

在脑海中定格成风景

落　英

初见落英

缤纷成一地闲愁

没有回声

只有沉寂

拾不起记忆

只好，把念想刻在心上

又见落英

坠落成一种刺痛

少了怡情

添了忧伤

生命有几多轮回

无从考证

只好，把怜念装进心里

再见落英

飘零成一种沧桑

不问浮华

但求静谧

淹没在红尘里的笑

碎成泪珠

滴落成串不起的故事

母亲诗话

很小的时候
妈妈送我到大路口
目送远去的脚步
叮嘱的话语
塞满了书包的
角角落落

我长大了
母亲老了
把泪水升腾成云
沉重了一夏
滴成
秋天相思的雨
盼归
已成了一种奢望

我老了

娘走不动了

花白的头发

开成了一朵雪莲

在形孤影单中

给孙儿

讲述童年

听 雪

静听雪落的声音
在季节深处
不紧不慢
思绪漫天飞扬

静听雪落的声音
淹没了大街上的
滚滚红尘
盖住了阡陌里的
鸡鸣犬吠

静听雪落的声音
不急不躁
哪怕站成一个雪人
让等待
成为一种风景

王母宫印象

是谁

偷偷把烟雨江南搬了过来

王母宫山舒展成一幅水墨画卷

日夜诉说着疏密浓淡

石头缝里长满了青苔

松软成女人的味道

勾引得树上的鸟

叽叽喳喳左顾右盼

汭水和泾水

在脚下交汇

琴声和着钟声

一路朝东

把传说流向远方

端午节怀古

江水东流
风拨动着亘古不变的琴弦
昼夜响彻一曲离骚
悲悲怆怆里
一个人的飘零
孤独成绝唱

包扎糯米粽子的线
把扯不断的情思系得更紧
人间不愿烟熏火燎
害怕抹黑心中的那份圣洁

弓月一弯
清辉散落成片片寂寥
往日的诗句
怎么也升不起激情的温度
只好
泪雨成行

心向远方

那年

在巷口

我们喃喃作别

没有说再见

远去的背影

落满了眼睛的印记

等不住你回来

我只好

在胸口贴张邮票

怯怯地交与风信

将心寄向远方

静夜，听一地虫鸣

静夜，我把沐浴过的身子
交给那缕月光
倾听一地虫鸣
此起彼伏的喊声
乱了简谱也乱了感情线

多情的春风
捎去相思的信笺
远在天边的伊人
千万不要读出
那些揉碎在字里行间的泪
别让我的思绪彻夜纷乱

喊不住的河流

走过奇险的峰

穿过平缓的原

无论你在这里还是不在

那声音也唤醒过灵魂

日日夜夜

了无牵挂一路向东

喊不住河流

我只好让自己碎为烟尘

跟着脚下的河流

许几万里奇遇

婆娑起舞成一曲

生命源头的地久天长的歌

有一只鸟落在窗前

斯夜，有一只鸟落在窗前
看不出半点惊恐和一丝孤独
这应该是一只迷失了方向
和找不到归宿的鸟

都说林子大了什么鸟也有
却怎么就容不下这只鸟呢
我困惑不安

斯夜，屏住呼吸睡觉
与那只鸟隔窗相望
生怕
我习惯了的鼾声
惊扰到鸟的春梦

冬天，等待一场雪的邂逅

在春暖花开的季节
你萌生了一个期许
在遥远的冬天
等待邂逅一场雪的
理由十分简单
因为，你喜欢雪的净洁
冬天来了，精灵如期而至
一袭红衣的你
站成了雪地里的一道风景
这场雪的邂逅
一如神话般的奇妙
千年不化
万年不朽

雪地，一条狗走过

冬天的雪地
附着灵魂的恪守
一条黑色的狗
走在雪地里
不摇尾乞怜也不狂吠
我分不清楚
是豢养的宠物狗还是不被待见的流浪狗
走过的地方
留下的那一串串梅花印痕
刺痛了诗人的眼睛

雪水，从山顶淌下

冰封了千年的心

被谁的体温和语言

感化了一夜

放弃了坚守的底线

融化成一滴滴泪珠

稀里哗啦流成了河

琴声

悠扬成暮歌

唱进晚归人的梦里

收　麦

五黄六月

麦子色变成男人的脸谱

被风吹过之后

唰唰的声音

唱响断头前的壮歌

等待开镰

成片的麦田

完成了使命

交出头颅的麦茬和男人的胡茬

同样硬朗

闪动寒光的镰刀

战罢归来

威武成将军

赫赫战功悬于房檐之上

等待来年

继续光耀锋芒

爱在深秋

秋天的山
被工匠画染过
放牧的老汉
扯开嗓子吼起了秦腔

牛粪冒着热气
残存了草的清香
铃铛给牧歌伴奏
和弦浸染炊烟

拾起一枚霜染的枫叶
通红了相思
露珠在草尖尖上
湿润诗人的眼睛

篝　火

点着一堆柴火
舞蹈却成了夜的主角
盖过了柴火燃烧的温度
让白昼和黑夜
沦为一种存在的形式

柴火燃尽
喧嚣也就跟着散去
只有
柴火的残骸
继续守望
夜的宁静和寂寥

雪梅情结

梅花笑了
岭头也就跟着泛红

一场纷纷扬扬的雪
沸腾了野岭
梅花挤出更多的笑容
供伴雪而来的人群
评头论足
甚至忍痛割舍
同胞弟兄

当四野回归静寂的时刻
残存枝头的梅花
忍不住哭了

窑洞故事

黄土高原的卯卯梁梁
不时会有一孔孔的窑洞
如同一双双睁开的眼睛
鲜活了原本寂静的山
向过往的人们诉说
冬暖夏凉

窑洞里曾经
做过洞房生过孩子
也抬埋过老人
香火的气息钻进旮旯夹缝
调和成年轮的味道
愈久愈浓

窗花褪去了颜色
散不去巧手媳妇的身影

挂过辣椒挂过大蒜的钉子

锈成了古董

承载一段又一段

苦辣酸甜

走在清明的路上

走在清明的路上

穿过唐宋的雨

淋湿了记忆

匆匆的行人

在诗人杜牧的眼里

写满了忧伤

走在清明的路上

凋零的花瓣

飘落着心事

蔓延了悯怜悲情

四月的惆怅

织成相思的网

走在清明的路上

祭扫已成为一种定式

一年重复着一年

逝去

一路走好

活着

走好一路

诗与远方

我把自己当作一个诗人

将那些酸涩的文字排行后

交给时间拷问

忽然发现

生活的字典里

缺了编辑

灵魂的国度中

少了校对

空白成落了叶子的树

躯干骨瘦如柴

无病的呻吟声响起

只能是痛上加痛

于是

我开始敬畏起诗歌

和那些写诗的人

诗的远方到底有多远

不得而知

垂　钓

鱼拒绝不了香味

欢快地吞食着诱饵

用撕裂嘴唇的痛

甚或终结生命做了赌注

站在食物链高端的垂钓者

满心欢喜地顾不得鱼的呻吟

用更加入味的调料

洒满了鱼的全身

炉火已经烧红了许久

等待为垂钓的人烤食

鱼贪食了人的诱饵

人蚕食了鱼的全身

连同鱼的骨头

古道，听一列火车呼啸而过

丝绸古道的小镇
朗日清风
穿过村庄的火车道边
应时应景地选择了一首《站台》
旋律升起爱怜

在一声更紧一声的汽笛过后
一列绿皮火车从我的身边
得意地呼啸而过扬长而去
火车车厢带起的风
吹乱了我的头发
耳根也跟着泛起了阵阵冰凉

很久很久回过神来
想着跑了半世纪的这物什
曾经辉煌过

也承载过荣光
如今在我生活的地方
继续亲吻锈迹斑斑的铁轨
等待着哪一天走进展厅
陈列历史

心，被月光撕扯了一把

月亮从天的一边升起

夜不再那么黑了

有月亮的夜晚真好

我不再担心

山上的母亲

因了这月光的照亮免去了黑灯瞎火

因为她缠裹了一半的小脚

走不稳当

她的周边既有悬崖也有深沟

行走了一夜的月亮

就要落下西山了

今夜，我是看着月亮入睡的

迷迷糊糊梦见母亲

深一脚浅一脚地

走在远处的泥泞里

天快亮了，母亲该休息了

我也该醒了

忽然，心被那即将消失的月光

硬生生地撕扯了一把

不可名状的疼

一点一点漫过周身

月亮之光

天上的月亮

一定会知道

地球村正在泛滥着

一个叫德尔塔的冠状病毒

洋气的名字

以极其阴暗的手段

罪恶地蚕食

人类的身体甚或生命

考验人类智慧的时刻

爱心筑起的那道铜墙铁壁

阻隔疫情的肆虐

天上的月亮已经被人的精神感动

哪怕瘦弱成肋骨

也要拼尽全力

挣扎着给守夜的人

一点光明

照亮回家的路

黄河歌谣

流淌了千年的黄河涛声

此刻依旧为我吟唱古老的歌谣

黄河之滨的城市和村庄

让历史积淀得越来越厚

生活在这里的人们

学会了感恩和包容

习惯了自强和刚毅

尽管此刻

正在承受一种病毒的折磨

依旧众志成城共渡难关

黄河是母亲河

在母亲的护佑下

黄河儿女

永远幸福康宁

黄河一路向东

浩浩荡荡生生不息

枫叶，红成了秋天的孤独

秋天来了
白露成霜
崆峒山的枫叶被霜寒浸染过后
与晚霞一道渗出了血红
枫林还是那片枫林
只是
景区因一场突如其来的变故
在疫情防控的大背景下
不得不关闭大门
阻隔了念想
每年看枫叶的人宅在家里
枫叶红成了秋天里的孤独
枫叶悄无声息地落下
融入春天的泥土
明年的秋天
枫叶或许更红
那时，我们结队成群
好好看一片风景

星 梦

与星罗棋布的名人
撞了个满怀
灰头土脸地爬起身子
依旧没有吸引到追星的眼球

根植红尘的凡心
与莲台又远去了一段距离

被风磨秃了的笔
在片片落叶的素笺上
写满文字
交给脚下的泥土
让无法拾起的时光碎片
起死回生

生活的地方

鱼在水里待得久了

羡慕岸上的人

挣扎着跳到岸上

来不及回不到水里的鱼死了

人在岸上走动得久了

羡慕水里的鱼

欢快地跳入水里

无法上岸的人也死了

江河是鱼的家园

田园是人的归宿

人做不了鱼

鱼做不了人

在不适合自身生存的环境探险

总会被死神垂青

雪地，我和树站成同一种孤独

站在雪地里
风是冷的
目光也是冷的

冰冷的目光里
光身子的树
诉说失去孩子般的痛

叶子埋进土里
与根又有了肌肤之亲
生和死
在轮回中普度

曾经带腥的年味

新中国成立前的一天
张二狗在杀猪摊守了很久
冻得牙关子打颤
用洗了三遍的铝盆
接了点人家接剩的猪血
高兴得嘴也合不拢
疯了似的跑回家
揭开几乎能看见底的面缸
小心地挖了两碗白面
倒进盛猪血的盆里
沾了血腥的年味流了出来
他口里不停地念叨
富人过年穷人过难
年年过年
越过越难
至于鸡鸭鱼肉
就放到除夕夜的梦里
等待开年

春风，从莽原吹过

春风，游荡在莽原之上
隐忍了一个冬天的山塬
开始骚动不安

粉嫩的桃花成了少女的红腮
杏花也紧随其后
开始撩拨人的心房
弥漫的气息里
仿佛豪饮了一杯老酒
我醉倒在流芳千年的花蕊里
昏昏沉沉

牛踏在松软了的黄土地上
带劲的蹄子
踩出了律韵的声响
犁铧耕出一片光芒

我愿意成为春天的信使

把这塬上的春色迫不及待地

告知那些生活在城里的人们

在开年的春风里

我踏踏实实做了回莽原的情人

春雪，落在莽原深处

一场春天的雪
落在了莽原的深处
山川都增加了厚度

这本该属于冬之精灵的雪
在莽原深处
试图延缓春天的脚步

时光终究无法挽留
春风过处
雪渐次消融
山花开成了雪域的莲花
落在莽原深处的雪
点缀了春色

坐拥一树桃花

春风吹过

绿了柳枝，红了桃花

逼退了山梁上的萧瑟

俊俏和青春的律调

主导着平平仄仄

坐拥一树桃花

就拥有了整个春天

借着太阳之光我贪婪了美色

暗夜的时候

我想为她点一盏心灯

照亮她的肌肤

也好为她的轻薄正名

一个人的乡愁

月亮把太阳赶下山
天黑了
月亮的圆缺和娇柔
显得神秘
我开始不怎么喜欢李太白和苏东坡了
为什么非要把故乡的情结
固化成一种格式传唱

夜深了
在一个烟熏火燎的地摊
几串烤肉，二两老白干
一盘混搭的五香花生和毛豆
让我坐了良久
此刻，脑海中想什么
已不显得那么重要

幸好，有两只还算干净的流浪狗

陪伴我左右

心中免去了惆怅

晃动的街灯

抖落了一地乡愁

与你的贫穷和富有

没有一毛钱的关系

一线天，足以让我仰观

崆峒山的厚度
是用黄帝问道的虔诚
一层层堆积而成
皇城在崆峒山的最顶层
需要历经上天梯的攀爬才能到达
皇城顶端两个道馆的屋檐
相邻出宽不过一尺的缝隙
因势而生了一线天
站在一线天的下面
我仰起了头颅
眼睛里的流云
走丢了缥缈虚无的影子
一只鸟飞过
占领了整个天空
如果恰好有雨落下
一定会渗透春梦
一线天的宽度
足以让我此生仰观

静听鸟鸣

城市的高楼
立成了密密麻麻的丛林
穿行于丛林的鸟似乎越来越少
听清晨的鸟鸣
已经成了一种奢望

都市的快节奏
让行人超过了鸟的速度
人飞奔在车水马龙的路上
鸟却行走在密不透风的天空

鸟鸣，叫不醒沉睡
想要倾听稀缺的声音
就去公园或者河边走走
同时还得养成
早睡早起的习惯

葫芦河

葫芦河的水
弯弯曲曲流淌着歌谣
随便一舀
就能舀出一串故事

在葫芦河的倒影里
见过洗衣女人的指头
也见过挑水男人的脊梁
还见过成群牛羊的眼睛
一个个被浸泡得珠圆玉润

回望与葫芦河的约定
一同流向远方的誓言
在我这里苍白成过往
河水流入大海翻卷着浪花
而我缱绻成了乡愁里的婴儿

大槐树

有一棵参天的大树
已经生长了三千多年
古槐王的枝丫伸向天空
庇护着这一方厚土
和生活在这里的人们

历史的养分
聚拢在这棵树的根部
有雨露有阳光还有空气
用时光碎片贴成的树干
沧桑成古老的记忆
召示着过往和曾经

从唐风宋雨和明清的月光里
一路走来
大槐树已经独立成神话

可以安然享受

当下的注目瞻仰

可以欣然接纳

后世的顶礼膜拜

灵　台

在旱码头东部
丝绸古道边上
周文王筑台祭天
告慰那些为开疆拓土战死的将士
古灵台承载着厚重的历史
演绎了一场血雨腥风

时代里的刀光剑影
和着战马嘶鸣
交会成特殊的乐章
传唱着古老的诗话
过尽千帆
达溪河的流水
以万古不变的无弦琴音
为古灵台歌功颂德

宫山，一片云飘过

一片云

从宫山飘过的时候

停了下来

让匆匆赶路的脚步

一度放缓

要么妒忌香火要么眷顾爱情

云幻化成雨

宫山的屋顶瓦檐

滴漏弦音与钟声交会

经久回荡

倾诉着荡气回肠

画　卷

历史的画卷挂在墙壁

被时钟的声音织成网格

版图上的颜色

纷呈出红黄蓝绿

教训、传承、情怀、壮烈……

交会成一个个符号

无论黑夜还是白昼

都睁大眼睛

复活成一段神话

灵魂游荡在雪域高原

把灵魂寄存在雪域之巅

静守那一份盛开的雪莲

长年累月

汲取太阳和月亮之光

与圣洁结伴而行

游走每一个白天黑夜

奇寒抖擞精神

高端铸就孤傲

清净得忘却了五颜六色

脱俗成雪的样子和莲的姿势

直到永远

站在城门楼子前

在一座古老的城门楼前
我仰视了良久
一路风雨走过来之后
一点也不失伟岸和庄重
城门楼的门里门外
走进过躬耕陌田的平凡
走出过高居庙堂的神秘
门从来不区分高低贵贱
只是守门的人
眼睛里分辨着
喜怒哀乐和五颜六色
门的开合
有时也充当时钟的角色
门关上，天就黑了
门打开，天便亮了

蹲在都市的弄堂里

弄堂，其实就是旧时的巷子

这里交易货物也沟通感情

小茶楼里

把太阳从东煮到西

惬意了一个冬季

小酒馆前

月亮也变得不怎么安分

偷听媒婆穿针引线的悄悄话

历史在弄堂里不断延展

情感在巷子中持续升温

如今，此起彼伏的叫卖声

让原本安逸的巷子

多了些铜钱的味道

披一身月光

斯夜，披一身月光

蛙鸣响彻

音符跳动

叫醒昏昏欲睡的萤火虫

舞动成星空

让我切切实实地感知

零距离的人间天上

斯夜，披一身月光

静坐于河堤一隅

亘古不变的琴声

和着心头的故事

一路向东

流成风韵的乐章

倾诉别离

泛滥相思

斯夜，披一身月光

远去浮华物欲

聆听天籁之音

当那山那水那树那人

都回归成一种宁静的时候

思绪便主宰了一段时空

时钟物语

无数个夜晚

当一切复归平静的时刻

挂在墙角的时钟的嚓嚓声

如同一架老旧的收割机

对一切生命体征而言

秒针每转动三百六十度

生命便被收割去一分钟

惶恐这条虫子便爬上心头

脑洞不由自主

盘算起了岁月的长短

于是，我开始厌恶起时钟

忽视它服务于我的所有功劳

直到醒悟的那一刻

我终于明白

无论白天还是黑夜

收割生命的声音始终存在

不在乎你

听还是不听

晾晒昨夜的梦

清晨

把昨夜的春梦

拿在阳光下铺开晾晒

蒸发掉多余的水分

梦幻化成一粒种子

钻入脚下的黄土

生根发芽

在时间的长河中洗礼之后

梦定格成了一座丰碑

铭刻一段永恒的回忆

有谁愿意让丰满的梦

在现实的骨感里风干

如同饮尽豪爽后的酒碗

摔在坚硬的地表

破碎成稀里哗啦的声响

城市的眼睛

行走在城市的黑夜里

总会被无数的眼睛盯紧

这些城市的眼睛

或明亮刺眼或柔和诱人

这些眼睛里藏着无数城市的秘密

它们构成一座森林

天亮了

这些眼睛闭着了

布满高高低低的人工屏障

黑洞一般不规则地排列

在等待主人归来的过程中

咀嚼孤独

春天来了

爬过院墙的杏花开了
悄悄告诉了墙外的鸟儿
春天来了
鸟儿迫不及待
又告诉了野岭的桃花梨花
一夜轻风吹过
山川就变了颜色
红的，白的，粉的
交会成色的海洋

平分春色

时序把春光分一半给你
我把心分一半给你

你拥有了春天
也拥有了我

抱团取暖之后
倒春寒算得了什么

开在春天的雪花

雪，落在春天的枝头
开一树白花
藏在骨子里的香气
从不侧漏

知道自己来自天宇
以骄傲的姿态
向世人昭告一种固有
不可调和的颜色
铭刻永恒

太阳出来了
雪开始一点一点融化
泪珠
串成了春天的诗行

把墓碑的文字刻在心上

过完中秋节后不久

父亲安祥地走了

走得了无牵挂

时隔五年之后

过完端午节后不久

母亲也离开了我们

走得悄无声息

我成了无家可归的孤儿

父母的坟头

由于草和树不认识文字

也不想让长眠于地下的逝者

被不相干的人读着墓碑上的文字

打扰到他们的清静和安宁

我把父母的生卒年月

以及平凡的人生

一并刻在跳动的心上

用余生去品味

如山的父爱

和似海的母恩

案　卷

记录是一件美好的事情

把记录一一重叠

搁置起来的案卷

装满神秘

翻开案卷的时候

每个文字都是眼睛和嘴巴

告诉你事情的真相

还原一段又一段

过往和曾经

有时叫醒爱情

有时拯救灵魂

行走在异乡的街灯下

行走在异乡的街灯下
城市高楼的窗口射出的每一束光
将我的情感肢解得凌乱不堪
散落一地的乡愁
被昏黄的街灯照得孤孤单单
够不着天空的星月
就让清风捎去思乡的心跳
喘息的音调
一声高过一声

自然物语

雨，从高空落下
把天上的泪
在人间摔得粉碎
雨声
溅起了愁肠

风，无孔不入
从未挑肥拣瘦
也不厚此薄彼
风会说话
告诉你热和冷

雪，是开在天上的花
一种颜色
足以勾魂猎魄
听雪落的声音
感受天籁

霜　降

谁把晶莹前置

给冬天的雪作了铺垫

在秋日的晨色中

让露珠固化

无条件失去了本真

其实，我很想

让露珠在我翻开的诗笺里

有一个印痕替代书签

霜降了

我只好顺应时令

顺势而为

青春的分量

寒窑，野菜，坑头的麦秆

十八年的等待

难道只为期盼日后的荣华？

男人，有借口可以游走

女人，就该恪守那份

近乎心碎的贞洁清贫

高台上的说教

看不懂好还是不好

至少

逝去的青春

无法挽回

立冬随想

在秋的尽头
让颗粒归仓
盘点走过的脚步
歪歪扭扭
力气和汗水
无须丈量
醇醇的米酒里
泡满了诗词歌赋
开启尘封记忆
饱蘸上明月清辉
铺就一纸素笺
写岁月沧桑
洒洒洋洋

牧童歌谣

横坐牛背

一曲曲短笛

吹得日子悠悠扬扬

牛铃摇着春光

散落了一地梦想

夕阳西下

谁家女子

拨动了琴弦

招惹得牛尾也左摇右晃

忍不住东张西望

饮一汪清泉

吼几句秦腔

村子里飘过的炊烟

香味绵绵长长

乡村素描

母亲，总在夜深人静的时候
把大大小小的事情
绑在没有长短的线上
一起穿过针眼
在缝缝补补的岁月里
点灯熬油

母亲，总是在农闲的时刻
把亲吻过黄土的农具
清洗打磨
唰唰的声响
惊醒沉睡中的老牛
路头巷尾
叮当
摇出一片希望
生活便有了盼头

烟锅闲话

狠狠吸上一口
吐出的岂止是烟
夹裹着
岁月的苦辣酸甜
烟锅里的火星
忽明忽暗
一如农人的日子
时好时坏
烟袋里的烟丝
满着，风调雨顺
瘪了，又是一个灾年

乌江行吟

救不下自己的女人
怎能撑起半壁江山
甚或整个天下
乌江
悲悲惨惨了千年
传唱着凄婉
拷问着爱情
历史的画卷
有时
沉重得让人
喘不过气来

数星星

不懂事的时候
总爱缠着妈妈问
天上为什么那么多的星星
怎么数也数不清
妈妈就会说
那是人的眼睛
于是我就天天盼着长大
好让自己的眼睛也变成星星

长大后
星星还挂在天上
眼睛也变不成星星
只是不想再去数它
感觉妈妈的眼睛
就是星星
有妈妈在
走多远的路
都不会害怕

鸟动了恻隐之心

太阳落山了
把重担交给昏暗的街灯
尽管有月亮帮衬
却依旧无济于事
漂泊的心
仍然找不到归宿
在流浪的一隅
咀嚼孤独所带来的苦涩
归林的鸟雀
已经静默
目光里充满着怜惜

写在小雪的节气里

今天是一年里的小雪节气

太阳没有一点耍谦虚的样子

脸面似乎比平时更大更红

阳台上的花惬意地伸了个懒腰

一味地向主人表白

她把春天滞留在这个屋子里

满脸写满居功自傲的表情

却怎么也不会洞悉

主人的心早已飞出窗外

好想撑开手掌

接纳来自天宇的精灵

并不简单

写一封家书

落笔的时候容易

情怀如果穿透素笺

并不简单

人间烟火

盘踞田园容易

气息若能升上云霄

并不简单

把爱说给风听

出言容易

风若听懂你的心思

并不简单

静默不是风想要的

我喜欢风拂面的感觉
无论春夏秋冬
季节里的风
因为温度的不同
都是一种不能被忽视的存在
风声钻进耳朵
告知你此刻的境遇
要么，风和日丽
要么，暴雨狂风
总之，风是有个性的
不想也不愿意无缘无故地静默

天空，有雪花飘落

天终于要下雪了

地面的一切给雪的飘落让步

躁动的山河

被一场如期而至的雪

遮盖得严严实实

静谧得空气都要凝固

平日里叽叽喳喳的鸟雀默不作声

唯独几只野性十足的流浪狗

用爪子做笔

在洁白的素笺上

乱画梅花

咀嚼童年的记忆

我的童年是幸福的
经历了 20 世纪 60 年代初的大饥荒后
我没有饿过肚子
这应该得益于母亲的好手艺
变着花样把粗粮细粮
和门前一小块地里种的各种蔬菜做成美食
由着我的性子撑饱肚皮

我的童年是养尊处优的
这与我在家族中长孙的地位有关
爷爷奶奶的娇惯和姐妹们的迁就
让我像一个混世魔王
任意行走在上房

我的童年是调皮捣蛋的
掏鸟窝摘酸杏偷西瓜

但凡能想到的都敢去干

泥巴糊满脸弄脏新衣服是常有的事

只是苦了母亲忙里忙外

还得挤时间给我清洗身子和衣服

童年在各式各样的呵护里

我欢快地一天天长大

那些逝去的童年时光和不同层面的亲人

铭刻在我记忆深处的印痕

永远不会抹去

每每忆及

心头的甜蜜就会狂奔乱蹿

我吞食过父亲的心痛

在我的记忆里
父亲是一个极度爱吃肉的主
盘算一年的正常开支后
但凡手头有闲余的钱
总喜欢买些肉改善生活

一个夏天的傍晚
父亲从外地带回了很多的马肉
母亲煮了一锅又一锅
抵挡不住肉味的诱惑
我放开肚皮吃了好几天
在享受人间美味的同时
肉味刻画起我对未来的憧憬
那些天父亲破例没有和我们一起吃饭
向来爱说话的父亲寡言少语

几十年后

父亲离开了人世

姐姐告知我一个天大的秘密

当年的马肉，是父亲给那匹马

做绝育手术时发生意外后

从几百里外的异地他乡带回来的

也是父亲行走江湖唯一一次

所谓的闪失，真正的原因是

术后护理没有跟进

父亲没地方说理

只好赔了马的价款

拼尽力气将那匹死马的一部分肉

和着背井离乡的痛

一并背回了家供我们解馋

马肉如今不是什么稀罕物

可我此生会记住马肉的味道

因为，这记忆来自

我吞食过父亲的心痛

写这首叙事诗的前夜

我哭醒在黎明的梦中

梦中的父亲

一脸慈祥、微笑着向我走来

从墓碑前走过

从墓碑前走过
最让人关注的
是一个人的生卒年月
计算着人在这个尘世的享年和拥有

从墓碑前走过
一串串冰冷的数字里
英年早逝者的墓碑
极其简单
总让人浮想
疾病、人祸抑或天灾
寿终正寝者的墓碑
刻满着孝子贤孙的叩拜
天伦之乐融融

从墓碑前走过

无论年长还是年少

无论白天还是黑夜

都应该与松柏对话和星月聊天

长眠于地下的逝者虽然离得很近

能不能在泉台

相互诉说曾经和过往

不得而知

从墓碑前走过

庆幸自己还活着

至少还能为逝者上香和摆放供品

倾听花开的声音

和嗅到雪落的味道

走进腊月

走进腊月

市集上的年画

花里胡哨地张扬着色彩

红红绿绿的门神

被虔诚地请回家

指望着保一份平安

走进腊月

喂肥了的猪

糊里糊涂地感恩着主人

怎么也不会明白

年关越近日子越少

走进腊月

天天都是好日子

这头说着亲那头备着礼

睡梦里都是花天酒地

吉庆的锣鼓

等待开年

走进腊月

热炕头上的女人

针头线脑地绣着心事

西风吹得呼呼作响

男人的鼾声地动山摇

走进腊月

梳理陈年旧事

打捞心湖里的浪朵

让它轻飘飘地随风而去

留下那些情分

旷日持久

秋日诗语

一阵冰凉的风吹过
树叶飘零
分娩般的痛
让躯干战栗
留一份期许
等待春天的约定

汗水浇过的地方
承载着荣光
田间的谷穗
羞涩地低着头
沉甸甸的分量
压弯了脊梁
只为
亲吻厚实的黄土

霜染的枫叶红了

美了季节

醉了游人

摘一片夹在书里

让沉睡的文字

与主人谈情说爱

流淌的思绪

飞向远方

这个季节

是一个复杂的季节

草木萧萧的凄婉

和着盈盈果实的壮观

给季节附着了一层神秘

把春的希冀夏的炽热

演绎成生命里的风韵

让人洞悟

将成功的喜悦和

失意的沮丧

一起吞下

孕育成新的种子

埋进冬天的土里

等待发芽

聆听生命里的歌

我喜欢听
秒针拨动时光的旋转声
规律成一种尺度
把白天转动成黑夜
把夏天转动成秋天
在交替和轮回里
人一天天长大变老

我有时痴痴地对着秒针发问
哪一天累得转不动了
时光是不是也会跟着停下来
哪怕停在任何一个季节
要么花不凋谢
要么雪不消融

倾听花开的声音

倾听雪落的声音
倾听流水穿过层林的声音
生命的律动覆盖苍茫
隐约听到了一颗心跳

大咀梁

在我的村庄周围
大咀梁是最先触及
黎明太阳之光的地方

包产到户初期
人不怎么珍惜力气
通往大咀梁的是羊肠小道
地里送粪全凭人担
驴驮舍不得，还要用来犁地
我第一次挑起担子的记忆
给了大咀梁
落在肩膀上的印痕
如今仍在隐隐作痛

大咀梁的二亩薄田
撑破地皮长出的庄稼

在我的印象中没有饿过肚皮

大咀梁的厚度

我的脚步

一直没有丈量出来

洞子沟

洞子沟有一个泉眼

每到夜深人静的时候

就会有清泉从地下溢出

半米见方的小泉

我一直怀疑掺和了乳汁的成分

才会如此清冽甘甜

我被鸡鸣声和爷爷熬罐罐茶的青烟

从睡梦中弄醒之后

在启明星的微光里去洞子沟

给爷爷去提第二天熬茶的泉眼水

日复一日地叠加着年轮

据说，茶叶是很挑剔水的

若干年之后

回老家去了趟洞子沟

那眼泉轮廓依旧

只是再也没有清水溢出

被岁月风干的肌肤
像极了一个风烛残年的瘦骨老人
我又一次想起了我的爷爷

石　碾

石碾在庄农人的眼里
和犁地的牲口同等重要

石碾派上用场是庄稼收成之后
用来碾碎粮食的工具

转动石碾的一刻
就转动了人的口粮

朴素的石碾
沉稳得让人肃穆

天空终于有雪片飘落

壬寅虎年的冬天

天气一直很暖

不像北方冬天的样子

准备好的防寒服冬装设备

一件也没有派上用场

明天就是小年了

天气预报大降温的消息来了

我最期盼的雪花也跟着气温的下降

终于从云端飘落

雪花，不应该在天庭被禁足

她应该属于人间的宠儿

我忘记自己尚在病中虚弱的身体

在寒风里伸手去接这六角精灵

试图接住上天对苍生的恩泽

瑞雪丰年是个好兆头

那就让日子快快好过起来

年　关

鞭炮在天空中炸响之后
年味渐渐浓了起来

手伸进口袋
把置办年货的钞票捏出了汗
却不知道要买什么

经过商场老人专区的时候
罐铅的腿迈不开脚步
茫然不知所措

自从娘走了之后
我回家的心门就再也没有打开

风经过的地方

春天来了

风是最具有感官的物什

不落下一山一川

齐刷刷的触觉

草绿了，树发芽了

花开了，庄稼也破土疯长了——

每一个被风惠及的生灵

都以张扬个性的神情向风表白

自己没有吝啬知恩图报

就连老实巴交的石头

也想争着说话

我欠月亮一首诗

记不清有多少个夜晚

在异地他乡度过

孤独的时候

好在有月亮的陪伴

每当有月光透过窗上的玻璃

钻进我的卧室的时候

我就会安静下来

夜就不会那么漫长

写过山写过水

写过树木也写过花鸟

未曾写一首关于月亮的诗

因为我找不到落笔的地方

巷　口

巷口的柳树一天天长大

从指头粗细

长到了我的双臂不能合拢

我从不谙世事的少年

变成了家里的顶梁柱

父母送我到巷口的脚步

由轻盈转向了蹒跚

目光里的深情

也由清晰变得逐渐模糊

巷口的风撩起银发

织密成思念的网

网住了漂泊游子牵挂的心

巷口是我一生留存记忆的地方

这里斜印着父母的影子

回忆王家坡

王家坡的坡

横在村子的中间

很自然地把一个村

切割成两块

于是

习惯上便有了北头南头的叫法

南头的人耕着北头梁梁上的地

北头的人担着南头沟沟里的水

日子

在晃晃悠悠中

一天天地走过

生产队、村、社变换着称谓

那只是写在纸上的规定

习惯了王家坡的叫法

一直改不过口来

王家坡的坡头

是个牙叉骨台台

也是闲聊谝传的好地方

农闲或者下了雨

庄稼地里进不去人

坡头上总会聚集着

老老少少的汉子

和一些能当起掌柜的婆娘

聊东家娶了个好媳妇

西家生了个乖娃

细细碎碎的话语里

有欢笑声也有叫骂声

吵得瓜熟蒂落

王家坡的风气

自打我记事起

就很是和睦

但凡谁家有了红白事

只要唢呐吹响

南头北头的人不用召唤

黑压压地聚了一院

在总管的调遣中

人们活干得起劲

饭吃得欢畅

酒喝得酣畅

生活也就过得红火

走出王家坡

风风雨雨几十年了

家乡的味道总在心头

逢年或者过节

每每回到王家坡

听着老年人叫我的小名

脚步一踏进庄子

鼻子便钻进

儿时的烟火气息

想起朵朵

朵朵短腿大耳
黑色的毛像锦缎一般
不挑食不狂吠
十分安静

父亲有早起的习惯
每天村子的人尚在晨梦中
父亲总会在天亮前巡村一周
朵朵像个听话的孩子
跟随父亲的左右

父亲走了
埋葬的那晚
我睡在父亲睡过的炕上
朵朵望着供在桌上父亲的照片
发呆了很久

似乎明白了什么似的
在父亲睡过的炕头抓来抓去
喉咙发出异样的声音
地板砖上留下了点点泪痕

父亲逝世三周年后的一个下午
朵朵走出家门再也没有回来
我们找遍了整个村子
莫非为父亲守孝三年
在一个人无法找到的地方
结束了自己的生命
在另外一个世界里
继续陪伴父亲

村里的女人

村里女人的头发
被风吹乱过被雨淋湿过
从未被收拾得
清清爽爽
甚至没怎么照过镜子

村里女人的肩膀
担过山也挑过河
扁担压不弯的脊梁
撑起门户
一家老少的口粮
从未短斤少两

村里女人的脚板
在禾田的 T 台
走着猫步

出嫁时的高跟鞋

在箱底封存成了老古董

村里的女人

洗洗刷刷后的热炕头

在娃们的鼾声里

寄针引线缝缝补补

缝实了挡风的漏洞

织厚了御寒的棉衣

风调雨顺的好日子

等待外出务工的男人

平安归来

老　娘

已经八十三岁的娘
总是喜欢和村子里一个
长命百岁的老奶奶拉家常
我最乐意看到这样的场景
希望这情景剧般的画面
在季节的变换中
以不同的服饰
一幕接着一幕上演

娘不会用智能手机
靠一个按键手机
接听我和女儿的声音
几乎成了每个周末的必修课
娘掐着手指头等这样的电话
成了一种习惯
但凡哪一周忙或忘了打电话

接到我的电话后总会说

这周怎么过得很慢

心如同被针扎了一下

隐隐作痛

娘不识字

无数次让娘记住我的手机号

身体不适或有事了呼我

娘总会说记不住

但却能清晰地记着我的生辰

我的生日仅比手机号少三个数

等娘的电话成了奢望

此生愿娘安好

哪怕永远接不到娘的一个电话

喜鹊，叫醒了我的晨梦

春天的一个早晨
我被叽叽喳喳的喜鹊吵醒了
我从来没有相信过
听见喜鹊的叫声
就会有好事降临
或者喜事发生

再过两天就是清明节了
我始终弄不明白
杜牧为什么要选择这个节气
问牧童酒家的地方
一首七言绝句
让杏花村千年之后依旧美着
此时此刻
我在乎娘坟头的新草发芽了没有
趁早做个核酸检测一下

用阴性的结果

开一张祭扫途中的绿卡

随春风一路通行

忽然，我感谢起这枝头叫醒我的喜鹊

起码不会让我错过这一年

最好的祭扫时辰

一盏茶一壶酒一炷香

让阴阳两隔的母子

拉一拉各自的处境

和来世今生

时代印记

很小的时候
自打离开了娘胎
似乎就觉得一直缺水
穿开裆裤的那阵
尿尿泥捏的响盆
打发着光阴
谁摔得最响就有奖赏
泥巴糊满了脸蛋
两只贼不溜秋的眼睛
扑闪成动画

总是盼望着下雨
涝坝里就有了足够的积水
光屁股的娃
不知道什么是害羞
肉乎乎的身子

钻进水里

浪花溅成了风景

磕磕碰碰中长大的孩子

身板很是结实硬朗

太阳不落山没有家的概念

天黑了

家家的娘做好晚饭

开始找寻自己的孩子

狗娃狗娃的唤声

叫得地动山摇

放羊的娃

放羊的娃

赶着一群羊

一只两只三只地数着

生怕弄丢了上学的盘缠

肚饱腰圆的羊啊

走在回家的路上

任凭哨鞭抽得脆响

不紧不慢

满脑子都是

明天要去的山坡

袅袅升起的炊烟里

我嗅到了

母亲被灶火熏得

咳嗽和唤儿回归的喊声

背箩的羊粪

暖热冬天的炕头

在下雪的日子
头枕在爷爷的腿上
听他那沾满故事的胡子
诉说流年

后　记

　　我喜好文艺由来已久。20 世纪 90 年代初的一篇散文《父亲的期待》刊发于《甘肃经济日报》后，几块钱的稿费和副刊头条位置，点燃了我的文学创作梦想和激情。之后便在工作之余，笔耕不辍，且常有散文见诸杂志报端，就有了散文集《砚池澄波》的结集出版。之后忙于公务，文艺创作的事情曾被一度搁浅。

　　二十多年过去，我已届不惑之年，却鬼使神差对诗歌产生了浓厚兴趣。于平仄律韵中歌世象万千，咏风土人情，唱田园风光。诗歌相继在《中华辞赋》《中华诗词》《飞天》《诗歌月刊》等省级以上刊物频频亮相，所发表的作品以组诗或单首的方式呈现，或多或少增添了一些创作的信心，偶尔有散文、诗歌作品在各级各类展赛中获奖。在诗歌创作过程中，我也结识了一些诗词界的名流贤达，对我的创作帮助很大，在此不一一列举，但感激之情深埋心底，必当常思常念。

在本书的出版过程中，对给予无限关怀、支持和付出辛勤劳动的朋友同仁，深表感谢！

艺无涯，吾当常修常新。

是为记。

王　晖

2022 年 11 月 2 日草于三逸堂